韓語

這樣說最正確

+MP3
音發音表

道賀	瞭解	感到驕傲	告白	出色
축하합니다	알겠습니다	영광입니다.	좋아해요	대단해요.
恭喜！	我知道了。	深感榮幸。	我喜歡你！	了不起！

道別	附帶詢問	要求安靜	勸人冷靜	改變話題
잘 가요	어떻습니까?	조용하세요.	진정해요.	그런데.
走好／再見	如何呢？	請安靜！	冷靜下來。	對了。

▶ 史上最強的口語韓語合輯 ◀

小小一本，讓您講的道地、説的正確！

生氣・憤怒	不想看到對方	不清楚	作罷	表達需求
열 받아요.	꺼져 버려!	몰라요.	그만 둬요.	필요 없어요
火大。	滾開！	不知道。	算了吧！	不需要。

不必客氣	不介意	請他人品嘗	請求對方	向對方確認
별 말씀을요.	괜찮아요.	드셔보세요.	부탁해요.	정말이에요?
別客氣。	沒關係。	吃吃看。	拜託。	真的嗎？

雅典韓研所｜企編

韓語這樣說最正確／雅典韓研所 企編.-- 初版.
--新北市 ： 雅典文化, 民 101.01
面； 公分 .-- （全民學韓語：06）
ISBN⊙978-986-6282-52-2（平裝附光碟片）
1. 韓語　2. 口語　3. 會話
803.288　　　　　　　　　　　　　　　　100021410

全民學韓語系列：06

韓語這樣說最正確

企　　編 │ 雅典韓研所
出 版 者 │ 雅典文化事業有限公司
登 記 證 │ 局版北市業字第五七〇號
執行編輯 │ 呂欣穎
編 輯 部 │ 22103 新北市汐止區大同路三段 194 號 9 樓之 1
　　　　　 TEL ／(02)86473663
　　　　　 FAX ／(02)86473660
法律顧問 │ 中天國際法律事務所 涂成樞律師、周金成律師
總 經 銷 │ 永續圖書有限公司
　　　　　 22103 新北市汐止區大同路三段 194 號 9 樓之 1
　　　　　 E-mail: yungjiuh@ms45.hinet.net
　　　　　 網站：www.foreverbooks.com.tw
　　　　　 郵撥：18669219
　　　　　 TEL ／(02)86473663
　　　　　 FAX ／(02)86473660
CVS 代理 │ 美璟文化有限公司
　　　　　 TEL ／(02)27239968
　　　　　 FAX ／(02)27239668
出 版 日 │ 2012 年 01 月

韓文字是由基本母音、基本子音、複合母音、氣音和硬音所構成。

其組合方式有以下幾種：

1. 子音加母音，例如：저(我)
2. 子音加母音加子音，例如：밤（夜晚）
3. 子音加複合母音，例如：위（上）
4. 子音加複合母音加子音，例如：관（官）
5. 一個子音加母音加兩個子音，如：값（價錢）

簡易拼音使用方式：

1. 為了讓讀者更容易學習發音，本書特別使用「簡易拼音」來取代一般的羅馬拼音。

   規則如下，

   例如：

   그러면 우리 집에서 저녁을 먹자.

   geu.reo.myeon/u.ri/ji.be.seo/jeo.nyeo.geul/meok.jja

   ----------普遍拼音

   geu.ro*.myo*n/u.ri/ji.be.so*/jo*.nyo*.geul/mo*k.jja

   ------------簡易拼音

   那麼，我們在家裡吃晚餐吧！

   文字之間的空格以「/」做區隔。

   不同的句子之間以「//」做區隔。

基本母音：

	韓國拼音	簡易拼音	注音符號
ㅏ	a	a	ㄚ
ㅑ	ya	ya	ㄧㄚ
ㅓ	eo	o*	ㄛ
ㅕ	yeo	yo*	ㄧㄛ
ㅗ	o	o	ㄡ
ㅛ	yo	yo	ㄧㄡ
ㅜ	u	u	ㄨ
ㅠ	yu	yu	ㄧㄨ
ㅡ	eu	eu	(ㄜ)
ㅣ	i	i	ㄧ

特別提示：

1. 韓語母音「ㅡ」的發音和「ㄜ」發音有差異，但嘴型要拉開，牙齒快要咬住的狀態，才發得準。

2. 韓語母音「ㅓ」的嘴型比「ㅗ」還要大，整個嘴巴要張開成「大O」的形狀，
「ㅗ」的嘴型則較小，整個嘴巴縮小到只有「小o」的嘴型，類似注音「ㄡ」。

3. 韓語母音「ㅕ」的嘴型比「ㅛ」還要大，整個嘴巴要張開成「大O」的形狀，
類似注音「ㄧㄛ」，「ㅛ」的嘴型則較小，整個嘴巴縮小到只有「小o」的嘴型，類似注音「ㄧ

基本子音：

	韓國拼音	簡易拼音	注音符號
ㄱ	g,k	k	ㄎ
ㄴ	n	n	ㄋ
ㄷ	d,t	d,t	ㄊ
ㄹ	r,l	l	ㄌ
ㅁ	m	m	ㄇ
ㅂ	b,p	p	ㄆ
ㅅ	s	s	ㄙ,(ㄒ)
ㅇ	ng	ng	不發音
ㅈ	j	j	ㄗ
ㅊ	ch	ch	ㄘ

特別提示：

1. 韓語子音「ㅅ」有時讀作「ㄙ」的音，有時則讀作「ㄒ」的音。「ㄒ」音是跟母音「ㅣ」搭在一塊時，才會出現。
2. 韓語子音「ㅇ」放在前面或上面不發音；放在下面則讀作「ng」的音，像是用鼻音發「嗯」的音。
3. 韓語子音「ㅈ」的發音和注音「ㄗ」類似，但是發音的時候更輕，氣更弱一些。

氣音：

	韓國拼音	簡易拼音	注音符號
ㅋ	k	k	ㄎ
ㅌ	t	t	ㄊ
ㅍ	p	p	ㄆ
ㅎ	h	h	ㄏ

特別提示:

1. 韓語子音「ㅋ」比「ㄱ」的較重，有用到喉頭
   的音，音調類似國語的四聲。
   ㅋ＝ㄱ＋ㅎ
2. 韓語子音「ㅌ」比「ㄷ」的較重，有用到喉頭
   的音，音調類似國語的四聲。
   ㅌ＝ㄷ＋ㅎ
3. 韓語子音「ㅍ」比「ㅂ」的較重，有用到喉頭
   的音，音調類似國語的四聲。
   ㅍ＝ㅂ＋ㅎ

複合母音：

	韓國拼音	簡易拼音	注音符號
ㅐ	ae	e*	ㄝ
ㅒ	yae	ye*	一ㄝ
ㅔ	e	e	ㄟ
ㅖ	ye	ye	一ㄟ
ㅘ	wa	wa	ㄨㄚ
ㅙ	wae	we*	ㄨㄝ
ㅚ	oe	we	ㄨㄟ
ㅞ	we	we	ㄨㄟ
ㅝ	wo	wo	ㄨㄛ
ㅟ	wi	wi	ㄨ一
ㅢ	ui	ui	ㄜ一

特別提示：

1. 韓語母音「ㅐ」比「ㅔ」的嘴型大，舌頭的位置比較下面，發音類似「ae」；「ㅔ」的嘴型較小，舌頭的位置在中間，發音類似「e」。不過一般韓國人讀這兩個發音都很像。

2. 韓語母音「ㅒ」比「ㅖ」的嘴型大，舌頭的位置比較下面，發音類似「yae」；「ㅖ」的嘴型較小，舌頭的位置在中間，發音類似「ye」。不過很多韓國人讀這兩個發音都很像。

3. 韓語母音「ㅚ」和「ㅞ」比「ㅙ」的嘴型小些，「ㅙ」的嘴型是圓的；「ㅚ」、「ㅞ」則是一樣的發音。不過很多韓國人讀這三個發音都很像，都是發類似「we」的音。

硬音：

	韓國拼音	簡易拼音	注音符號
ㄲ	kk	g	ㄍ
ㄸ	tt	d	ㄉ
ㅃ	pp	b	ㄅ
ㅆ	ss	ss	ㄙ
ㅉ	jj	jj	ㄗ

特別提示：

1. 韓語子音「ㅆ」比「ㅅ」用喉嚨發重音，音調類似國語的四聲。
2. 韓語子音「ㅉ」比「ㅈ」用喉嚨發重音，音調類似國語的四聲。

*表示嘴型比較大

序 言：

　　想要增加韓語口語的能力，除了必須具備基本的單字詞彙之外，短語技巧的運用是另一個重要的基本訓練。

　　在本書第一章的「生活常用短語」中，不只提供韓國人日常生活中，最常使用到的基礎短語，也清楚寫出各種短語的相關使用場合、情境，更提供了在相同的情境下，可以有許多其他不同的表達技巧。

　　在本書第二章的「各種情境短句」中，提供了在各種情境會話中，可以拿來使用的多種短句表現。讓讀者可以輕鬆應用這些短句表現，講出最道地、最正確的韓語會話。

　　本書《韓語這樣說最正確》提供外籍教師真人發音的MP3，對照本書提供的短語句型學習，不必侷限於只能聽一次的限制，藉由反覆聆聽、跟著朗讀，徹底提升您口語以及聽力的能力。

Chapter 1 生活常用短語

Chapter 2 各種情境短句

Chapter 3 特殊詞彙

Chapter 1

生活常用短語

•打招呼

안녕하세요.
an.nyo*ng.ha.se.yo
您好。

會話

A 안녕하세요.
an.nyo*ng.ha.se.yo
您好。

B 안녕하세요. 아침 식사 하셨습니까?
an.nyo*ng.ha.se.yo//a.chim/sik.ssa/ha.syo*t.sseum.
ni.ga
您好。吃過早餐了嗎?

相關

☞ 안녕!
an.nyo*ng
你好!

☞ 좋은 아침입니다.
jo.eun/a.chi.mim.ni.da
早安!

☞ 또 만나요.
do/man.na.yo
再見!

• 道謝

감사합니다.

gam.sa.ham.ni.da.

謝謝。

會話

A 도와 주셔서 감사합니다.

do.wa/ju.syo*.so*/gam.sa.ham.ni.da

謝謝您的幫忙。

B 천만에요.

cho*n.ma.ne.yo

不客氣。

相關

☞ 고마워.

go.ma.wo

謝謝。

☞ 고맙습니다.

go.map.sseum.ni.da

謝謝。

☞ 대단히 감사합니다.

de*.dan.hi/gam.sa.ham.ni.da

非常感謝。

• track 009

• 道歉

죄송합니다.

jwe.song.ham.ni.da

對不起。

(會 話)

Ⓐ 저기요! 여기는 촬영금지입니다.

jo*.gi.yo//yo*.gi.neun/chwa.ryo*ng.geum.ji.im.ni.da

先生（小姐），這裡不可以拍照。

Ⓑ 죄송합니다.

jwe.song.ham.ni.da

對不起。

(相 關)

☞미안해.

mi.an.he*

抱歉。

☞미안합니다.

mi.an.ham.ni.da

對不起。

☞제 잘못입니다. 용서해 주세요.

je/jal.mo.sim.ni.da//yong.so*.he*/ju.se.yo.

我的錯，請原諒我。

•道晚安

안녕히 주무세요.

an.nyo*ng.hi/ju.mu.se.yo

晚安。

會 話

A 나나야, 빨리 자.

na.na.ya//bal.li/ja

娜娜，快點睡。

B 네, 아버님도 주무세요.

ne//a.bo*.nim.do/ju.mu.se.yo

好的，爸爸晚安。

相 關

☞ 잘 자요.

jal/jja.yo

晚安。

☞ 잠이 안 와요.

ja.mi/an/wa.yo

睡不著。

☞ 자고 싶어요.

ja.go/si.po*.yo

想睡覺。

• 肚子餓

배가 고파요.

be*.ga/go.pa.yo

肚子餓了。

(會 話)

A 배가 고파요. 먹을 거 없어요?

be*.ga/go.pa.yo//mo*.geul/go*/o*p.sso*.yo

肚子餓了，有吃的嗎？

B 라면만 남았어요.

ra.myo*n.man/na.ma.sso*.yo

只剩下泡麵。

(相 關)

☞ 배가 불러요.

be*.ga/bul.lo*.yo

吃飽了。

☞ 충분히 먹었습니다.

chung.bun.hi/mo*.go*t.sseum.ni.da

吃得夠多了。

☞ 배가 고프지 않아요.

be*.ga/go.peu.ji/a.na.yo

肚子不餓。

• track 012

• 初次見面

만나서 반갑습니다.

man.na.so*/ban.gap.sseum.ni.da

很高興見到你。

會 話

Ⓐ 김나나라고 합니다. 처음 뵙겠습니다.

gim.na.na.ra.go/ham.ni.da//cho*.eum/bwep.get.
sseum.ni.da

我是金娜娜，初次見面。

Ⓑ 이준영입니다. 만나서 반갑습니다.

i.ju.nyo*ng.im.ni.da//man.na.so*/ban.gap.sseum.ni.
da

我是李俊英。很高興見到你。

相 關

☞ 말씀은 많이 들었습니다.

mal.sseu.meun/ma.ni/deu.ro*t.sseum.ni.da

久仰大名。

☞ 앞으로도 잘 부탁합니다.

a.peu.ro.do/jal/bu.ta.kam.ni.da

往後請多多指教。

• 介紹自己

저는 대만 사람입니다.

jo*.neun/de*.man/sa.ra.mim.ni.da

我是台灣人。

會 話

Ⓐ 안녕하세요. 저는 한국 사람입니다.

an.nyo*ng.ha.se.yo//jo*.neun/han.guk/sa.ra.mim.ni.da.

您好，我是韓國人。

Ⓑ 저는 대만 사람입니다. 만나서 반갑습
니다.

jo*.neun/de*.man/sa.ra.mim.ni.da//man.na.so*/ban.
gap.sseum.ni.da

我是台灣人，很高興見到你。

相 關

☞ 저는 대만에서 왔어요.

jo*.neun/de*.ma.ne.so*/wa.sso*.yo

我從台灣來。

☞ 제 이름은 이나영입니다.

je/i.reu.meun/i.na.yo*ng.im.ni.da

我的名字是李那英。

☞ 저는 장나라라고 합니다.

jo*.neun/jang.na.ra.ra.go/ham.ni.da.

我名叫張娜拉。

• 詢問處所

여기는 어디입니까?

yo*.gi.neun/o*.di.im.ni.ga

這裡是哪裡？

會 話

A 실례하지만 여기는 어디입니까?

sil.lye.ha.ji.man/yo*.gi.neun/o*.di.im.ni.ga

請問這裡是哪裡？

B 여기는 남대문시장입니다.

yo*.gi.neun/nam.de*.mun.si.jang.im.ni.da

這裡是南大門市場。

相 關

☞ 우체국이 어디예요?

u.che.gu.gi/o*.di.ye.yo

郵局在哪裡？

☞ 가까운 기차역이 어디입니까?

ga.ga.un/gi.cha.yo*.gi/o*.di.im.ni.ga

附近的火車站在哪裡？

☞ 화장실이 어디에 있어요?

hwa.jang.si.ri/o*.di.e/i.sso*.yo

廁所在哪裡？

• 詢問價格

이거 얼마예요?

i.go*/o*l.ma.ye.yo

這多少錢？

會話

🅐 아줌마, 이거 얼마예요?

a.jum.ma//i.go*/o*l.ma.ye.yo

阿姨，這多少錢？

🅑 만원입니다.

ma.nwo.nim.ni.da

一萬元。

相關

☞ 너무 비싸요.

no*.mu/bi.ssa.yo

太貴了。

☞ 좀 할인 주세요.

jom/ha.rin/ju.se.yo

算便宜一點。

☞ 좀 싸게 해 주세요.

jom/ssa.ge/he*/ju.se.yo

算便宜一點。

• 遇見久未重逢的朋友

오래간만이에요.

o.re*.gan.ma.ni.e.yo

好久不見。

會 話

Ⓐ 오래간만이야. 넌 정말 예뻐졌네.

o.re*.gan.ma.ni.ya//no*n/jo*ng.mal/ye.bo*.jo*n.ne

好久不見，你變得很漂亮耶！

Ⓑ 그래? 너도 많이 날씬해졌네.

geu.re*//no*.do/ma.ni/nal.ssin.he*.jo*n.ne

是嗎？你也變苗條了嘛！

相 關

☞요즘 잘 지내고 있습니까?

yo.jeum/jal/jji.ne*.go/it.sseum.ni.ga

最近過的好嗎？

☞덕분에 잘 지내고 있습니다.

do*k.bu.ne/jal/jji.ne*.go/it.sseum.ni.da

託你的福，我過得很好。

☞결혼했어요?

gyo*l.hon.he*.sso*.yo

結婚了嗎？

• 催促他人

빨리요!
bal.li.yo
快點！

會 話

A 오빠, 좀 도와 주세요.
o.ba//jom/do.wa/ju.se.yo
哥，幫我一下。

B 알았어. 먼저 화장실에 다녀 올게.
a.ra.sso*//mo*n.jo*/hwa.jang.si.re/da.nyo*/ol.ge
知道了，我先去一趟廁所。

A 빨리요, 빨리!
bal.li.yo//bal.li
快點，快點！

相 關

☞ 얼른요!
o*l.leu.nyo
快一點！

☞ 최대한 빨리요!
chwe.de*.han/bal.li.yo
盡量快點！

• 拒絕他人

안 돼요!

an/dwe*.yo

不行！

會 話

Ⓐ 과장님, 이 보고서를 내일 제출해도 되겠습니까?

gwa.jang.nim//i/bo.go.so*.reul/ne*.il/je.chul.he*.do/dwe.get.sseum.ni.ga

課長，這份報告書可以明天再繳交嗎？

Ⓑ 안됩니다.

an.dwem.ni.da

不行。

相 關

☞ 여기서 담배를 피우시면 안됩니다.

yo*.gi.so*/dam.be*.reul/pi.u.si.myo*n/an.dwem.ni.da

這裡不可以抽菸。

☞ 포기하면 안 돼요.

po.gi.ha.myo*n/an/dwe*.yo

不行放棄。

☞ 절대 안됩니다.

jo*l.de*/an.dwem.ni.da

絕對不行。

• 激勵對方

화이팅!
hwa.i.ting

加油！

會 話

Ⓐ 아버지, 조심히 다녀 오세요. 오늘도 화이팅!

a.bo*.ji//jo.sim.hi/da.nyo*/o.se.yo//o.neul.do/hwa.i.ting

爸，路上小心。今天也要加油喔！

Ⓑ 고맙다, 우리딸.

go.map.da//u.ri.dal

謝啦！我的女兒。

相 關

☞ 파이팅!
pa.i.ting
加油！

☞ 힘내세요!
him.ne*.se.yo
加油！

☞ 기운 내십시오.
gi.un/ne* sip.ssi.o
打起精神來吧！

• 詢問他人

실례하지만...

sil.lye.ha.ji.man

請問…

會 話

Ⓐ 실례하지만 음료수 종류가 몇가지 있습니까?

sil.lye.ha.ji.man/eum.nyo.su/jong.nyu.ga/myo*t.ga.ji/it.sseum.ni.ga

請問飲料有幾種呢？

Ⓑ 커피, 녹차, 콜라등이 있습니다.

ko*.pi/nok.cha/kol.la.deung.i/it.sseum.ni.da

有咖啡、綠茶和可樂。

Ⓐ 그럼 커피 한 잔 주세요.

geu.ro*m/ko*.pi/han/jan/ju.se.yo

那請給我一杯咖啡。

相 關

☞ 잠깐 실례합니다.

jam.gan/sil.lye.ham.ni.da

暫時失陪了。

☞ 실례하지만 성함이 어떻게 되십니까?

sil.lye.ha.ji.man/so*ng.ha.mi/o*.do*.ke/dwe.sim.ni.ga

請問您貴姓大名？

•詢問他人要去哪裡

어디에 가요?

o*.di.e/ga.yo

你要去哪裡？

會 話

A 어디에 가요?

o*.di.e/ga.yo

你要去哪裡？

B 식당에 가요. 같이 점심 먹으러 갈까요?

sik.dang.e/ga.yo//ga.chi/jo*m.sim/mo*.geu.ro*/gal.
ga.yo

我要去餐廳，要一起去吃午餐嗎？

相 關

☞ 어디 가세요?

o*.di/ga.se.yo

您要去哪裡？

☞ 지금 어디예요?

ji.geum/o*.di.ye.yo

你在哪裡？

☞ 어디에 가는 길이에요?

o*.di.e/ga.neun/gi.ri.e.yo

你正要去哪裡？

• 先離席

가야겠어요.

ga.ya.ge.sso*.yo

我該走了。

會 話

Ⓐ 다른 일이 있어서 먼저 가야겠어요.

da.reun/i.ri/i.sso*.so*/mo*n.jo*/ga.ya.ge.sso*.yo

我還有其他事情，要先走了。

Ⓑ 네, 그럼 또 봐요.

ne//geu.ro*m/do/bwa.yo

好的，再見。

相 關

☞ 시간이 다 됐어요. 가야겠어요.

si.ga.ni/da/dwe*.sso*.yo//ga.ya.ge.sso*.yo

時間到了，我該走了。

☞ 너무 늦었어요. 먼저 가야겠어요.

no*.mu/neu.jo*.sso*.yo//mo*n.jo*/ga.ya.ge.sso*.yo

太晚了，我先走了。

☞ 조금 더 있다가 가세요.

jo.geum/do*/it.da.ga/ga.se.yo

再待一會再走吧！

•向對方確認

정말이에요?

jo*ng.ma.ri.e.yo

真的嗎？

會 話

Ⓐ 승진했다면서요, 정말이에요?

seung.jin.he*t.da.myo*n.so*.yo//jo*ng.ma.ri.e.yo

聽説你升官了，真的嗎？

Ⓑ 네.

ne

是的。

Ⓐ 와, 축하드립니다.

wa//chu.ka.deu.rim.ni.da

哇！恭喜你了。

相 關

☞ 확실해요?

hwak.ssil.he*.yo

確定嗎？

☞ 사실이야?

sa.si.ri.ya

真的嗎？

• 詢問時間

지금 몇 시예요?

ji.geum/myo*t/si.ye.yo

現在幾點？

（會話）

Ⓐ 지금 몇 시예요?

ji.geum/myo*t/si.ye.yo

現在幾點？

Ⓑ 오전 10시 30분입니다.

o.jo*n/yo*l.si/sam.sip.bu.nim.ni.da

上午 10 點半。

（相關）

☞ 오늘은 무슨 요일입니까?

o.neu.reun/mu.seun/yo.i.rim.ni.ga

今天星期幾？

☞ 오늘은 몇 월 며칠입니까?

o.neu.reun/myo*t/wol/myo*.chi.rim.ni.ga

今天幾月幾號？

• 詢問天氣

오늘 날씨 어때요?
o.neul/nal.ssi/o*.de*.yo
今天天氣如何？

會 話

Ⓐ 오늘 날씨 어때요?
o.neul/nal.ssi/o*.de*.yo
今天天氣如何？

Ⓑ 좀 더워요.
jom/do*.wo.yo
有點熱。

相 關

☞ 오늘은 추워요.
o.neu.reun/chu.wo.yo
今天很冷。

☞ 맑은 날씨예요.
mal.geun/nal.ssi.ye.yo
是晴天。

☞ 아주 흐린 날씨예요.
a.ju/heu.rin/nal.ssi.ye.yo
是陰天。

• 興趣

당신의 취미는 무엇입니까?
dang.si.nui/chwi.mi.neun/mu.o*.sim.ni.ga
您的興趣是什麼？

(會話)

Ⓐ 당신의 취미는 무엇입니까?
dang.si.nui/chwi.mi.neun/mu.o*.sim.ni.ga
您的興趣是什麼？

Ⓑ 제 취미는 우표 수집입니다.
je/chwi.mi.neun/u.pyo/su.ji.bim.ni.da
我的興趣是收集郵票。

(相關)

☞ 당신의 취미생활은 무엇입니까?
dang.si.nui/chwi.mi.se*ng.hwa.reun/mu.o*.sim.ni.ga
您業餘愛好是什麼呢？

☞ 뭘 좋아해요?
mwol/jo.a.he*.yo
你喜歡什麼？

• 身體不適

감기에 걸렸어요.

gam.gi.e/go*l.lyo*.sso*.yo

我感冒了。

(會 話)

Ⓐ 안녕하세요, 어디가 아프세요?

an.nyo*ng.ha.se.yo//o*.di.ga/a.peu.se.yo

您好，哪裡不舒服呢？

Ⓑ 감기에 걸렸어요.

gam.gi.e/go*l.lyo*.sso*.yo

我感冒了。

(相 關)

☞ 목구멍이 아파요.

mok.gu.mo*ng.i/a.pa.yo

喉嚨痛。

☞ 배가 너무 아파요.

be*.ga/no*.mu/a.pa.yo

肚子好痛。

☞ 기침이 나요.

gi.chi.mi/na.yo

咳嗽。

•好玩、有意思

정말 재미있어요.

jo*ng.mal/jje*.mi.i.sso*.yo

很有趣。

會 話

A 이 소설은 보면 볼수록 재미있어.

i/so.so*.reun/bo.myo*n/bol.su.rok/je*.mi.i.sso*

這本小說越看越有趣。

B 빌려 줘. 나도 볼거야.

bil.lyo*/jwo//na.do/bol.go*.ya

借我，我也要看！

相 關

☞ 놀기가 좋다.

nol.gi.ga/jo.ta

好玩。

☞ 정말 즐거웠어요!

jo*ng.mal/jjeul.go*.wo.sso*.yo

真愉快！

☞ 흥미가 있어요.

heung.mi.ga/i.sso*.yo

感興趣。

•慰問他人辛勞

수고하셨어요.

su.go.ha.syo*.sso*.yo

您辛苦了。

會 話

Ⓐ 교수님, 수고하셨어요. 커피 드세요.

gyo.su.nim//su.go.ha.syo*.sso*.yo//ko*.pi/deu.se.yo

教授，您辛苦了。請用咖啡。

Ⓑ 네, 감사합니다.

ne//gam.sa.ham.ni.da

好的，謝謝。

相 關

☞ 수고해라.

su.go.he*.ra

你忙吧！

☞ 그동안 고생했어요.

geu.dong.an/go.se*ng.he*.sso*.yo

這段時間，你辛苦了。

☞ 많이 힘드셨죠?

ma.ni/him.deu.syo*t.jjyo

很累吧？

•打電話、呼喚

여보세요.

yo*.bo.se.yo

喂。

會話

Ⓐ 여보세요. 거기 은행인가요?

yo*.bo.se.yo//go*.gi/eun.he*ng.in.ga.yo

喂,那裡是銀行嗎?

Ⓑ 네, 여기 신한은행입니다. 무엇을 도와 드릴까요?

ne//yo*.gi/sin.ha.neun.he*ng.im.ni.da//mu.o*.seul/
do.wa/deu.ril.ga.yo

是的,這裡是新韓銀行。能幫您什麼忙呢?

相 關

☞ 여보세요, 누굴 찾으세요?

yo*.bo.se.yo//nu.gul/cha.jeu.se.yo

喂,請問找哪位?

☞ 여보세요, 혹시 이영애님 맞죠?

yo*.bo.se.yo//hok.ssi/i.yo*ng.e*.nim/mat.jjyo

喂!你是李英愛小姐吧?

•請他人再講一遍

다시 한 번 말씀해 주세요.

da.si/han/bo*n/mal.sseum.he*/ju.se.yo

請再說一遍。

會 話

Ⓐ 미안하지만 다시 한 번 말씀해 주세요.

mi.an.ha.ji.man/da.si/han/bo*n/mal.sseum.he*/ju.se.
yo

抱歉，請您再講一遍。

Ⓑ 네, 알겠습니다.

ne//al.get.sseum.ni.da

好的。

相 關

☞ 좀 천천히 말씀해 주세요.

jom/cho*n.cho*n.hi/mal.sseum.he*/ju.se.yo

請您慢慢說。

☞ 좀 크게 말씀해 주시겠습니까?

jom/keu.ge/mal.sseum.he*/ju.si.get.sseum.ni.ga

您可以講大聲一點嗎？

☞ 다시 한 번 설명해 주세요.

da.si/han/bo*n/so*l.myo*ng.he*/ju.se.yo

請您再說明一次。

• 發生不好的事

큰일 났어요!

keu.nil/na.sso*.yo

糟了!

會 話

A 큰일 났어요! 제 핸드폰을 잃어 버렸어 요.

keu.nil/na.sso*.yo//je/he*n.deu.po.neul/i.ro*/bo*.

ryo*.sso*.yo

糟了!我的手機弄丟了。

B 아이구, 빨리 커피숍에 돌아가서 찾아 봐요.

a.i.gu//bal.li/ko*.pi.syo.be/do.ra.ga.so*/cha.ja/bwa.

yo

哎呀,快回去咖啡店找看看吧!

相 關

☞ 큰일났다! 집에 도둑이 들어왔어요.

keu.nil.lat.da//ji.be/do.du.gi/deu.ro*.wa.sso*.yo

不得了啦,家裡遭小偷了!

☞ 큰일날 뻔했다.

keu.nil.lal/bo*n.he*t.da

差點就發生不好的事了。

• 沒有挽回的餘地

소용없어요.

so.yong.o*p.sso*.yo

沒有用。

會 話

A 모두 제 잘못입니다. 제가 책임을 지겠습니다.

mo.du/je/jal.mo.sim.ni.da//je.ga/che*.gi.meul/jji.get.sseum.ni.da

全都是我的錯，我會負責。

B 지금 무슨 일을 해도 소용없어.

ji.geum/mu.seun/i.reul/he*.do/so.yong.o*p.sso*

現在做什麼事都沒有用了。

相 關

☞ 이제와서 후회해도 소용없어요.

i.je.wa.so*/hu.hwe.he*.do/so.yong.o*p.sso*.yo

現在後悔也沒用了。

☞ 약을 먹어도 소용없습니다.

ya.geul/mo*.go*.do/so.yong.o*p.sseum.ni.da

吃藥也沒有用。

•健忘

잊어버렸어요.

i.jo*.bo*.ryo*.sso*.yo

忘記了。

會 話

Ⓐ 오후 3시 약속을 잊어버렸어요.

o.hu/se.si/yak.sso.geul/i.jo*.bo*.ryo*.sso*.yo

啊！我忘記下午3點的約會了。

Ⓑ 지금 택시를 타고 가시면 늦지 않을 겁니다.

ji.geum/te*k.ssi.reul/ta.go/ga.si.myo*n/neut.jji/a.neul/go*m.ni.da

現在搭計程車去，應該不會太晚。

相 關

☞ 친구의 생일을 깜빡했어요.

chin.gu.ui/se*ng.i.reul/gam.ba.ke*.sso*.yo

忘記朋友的生日了。

☞ 비밀번호가 생각이 안나요.

bi.mil.bo*n.ho.ga/se*ng.ga.gi/an.na.yo

密碼想不起來。

• 當然的事

당연하지요.

dang.yo*n.ha.ji.yo

當然！

會 話

Ⓐ 선생님, 여름방학 기간에도 숙제가 있습니까?

so*n.se*ng.nim//yo*.reum.bang.hak/gi.ga.ne.do/suk.jje.ga/it.sseum.ni.ga

老師，暑假期間也有作業嗎？

Ⓑ 당연하지.

dang.yo*n.ha.ji

當然囉！

相 關

☞ 그것은 당연한 일입니다.

geu.go*.seun/dang.yo*n.han/i.rim.ni.da

那是理所當然的事。

☞ 그게 당연한 거 아닌가요?

geu.ge/dang.yo*n.han/go*/a.nin.ga.yo

那不是當然的事嗎？

☞ 그건 당연하죠!

geu.go*n/dang.yo*n.ha.jyo

那是當然的囉！

• 請求對方

부탁해요.

bu.ta.ke*.yo

拜託。

會 話

A 돈 좀 빌려 줄 수 있어요?

don/jom/bil.lyo*/jul/su/i.sso*.yo

可以借我一點錢嗎？

B 미안해요. 그게 제 생활비예요.

mi.an.he*.yo//geu.ge/je/se*ng.hwal.bi.ye.yo

抱歉，那是我的生活費。

A 부탁해요. 10만원만 빌려주세요.

bu.ta.ke*.yo//sim.ma.nwon.man/bil.lyo*.ju.se.yo

拜託，借我 10 萬元就好。

相 關

☞ 앞으로도 잘 부탁드립니다.

a.peu.ro.do/jal/bu.tak.deu.rim.ni.da

往後請多多指教。

☞ 제 부탁 하나만 들어 수시겠어요?

je/bu.tak/ha.na.man/deu.ro*/ju.si.ge.sso*.yo

可以答應我一個請求嗎？

• 請他人品嘗

드셔보세요.

deu.syo*.bo.se.yo

吃吃看。

會話

A 이 김치는 맛있어요. 한번 드셔보세요.

i/gim.chi.neun/ma.si.sso*.yo//han.bo*n/deu.syo*.

bo.se.yo

這泡菜很好吃，吃吃看。

B 음, 진짜 맛있네요.

eum//jin.jja/ma.sin.ne.yo

嗯，真的很好吃耶！

相關

☞ 한 입 드셔 보세요.

han/ip/deu.syo*/bo.se.yo

請吃一口看看。

☞ 쇠고기를 먹어본 적이 없습니다.

swe.go.gi.reul/mo*.go*.bon/jo*.gi/o*p.sseum.ni.da

沒有吃過牛肉。

☞ 다 먹어봤어요.

da/mo*.go*.bwa.sso*.yo

全都吃過了。

•再次向對方做確認

그래요?

geu.re*.yo

是嗎？

會 話

Ⓐ 할아버지가 어제 퇴원했어요.

ha.ra.bo*.ji.ga/o*.je/twe.won.he*.sso*.yo

爺爺昨天出院了。

Ⓑ 그래요? 그것 참 다행이네요.

geu.re*.yo//geu.go*t/cham/da.he*ng.i.ne.yo

是嗎？那真是太好了。

同 義

☞ 정말이에요?

jo*ng.ma.ri.e.yo

真的嗎？

☞ 그렇습니까?

geu.ro*.sseum.ni.ga

是嗎？

☞ 그게 사실이에요?

geu.ge/sa.si.ri.e.yo

那是真的嗎？

• 煩躁

정말 짜증나요!

jo*ng.mal/jja.jeung.na.yo

真煩!

會話

Ⓐ 비가 계속 오니 정말 짜증나네요.

bi.ga/gye.sok/o.ni/jo*ng.mal/jja.jeung.na.ne.yo

一直下雨,真煩!

Ⓑ 그러게요. 저도 밖에 나가서 놀고 싶어요.

geu.ro*.ge.yo./jo*.do/ba.ge/na.ga.so*/nol.go/si.po*.yo

就是說啊!我也想出門去玩。

相關

☞ 짜증 부리지 마.

jja.jeung/bu.ri.ji/ma

不要亂發脾氣。

☞ 실증 납니다.

sil.cheung/nam.ni.da

感到厭煩。

☞ 정말 화가 나요.

jo*ng.mal/hwa.ga/na.yo

真是生氣。

• 形容食物的美味

맛있어요.

ma.si.sso*.yo

好吃。

會話

Ⓐ 내가 만든 케이크 어때? 맛이 있어?

ne*.ga/man.deun/ke.i.keu/o*.de*//ma.si/i.sso*

我做的蛋糕如何？好吃嗎？

Ⓑ 응, 맛있어. 더 먹고 싶어.

eung//ma.si.sso*//do*/mo*k.go/si.po*

恩，好吃。還想再吃。

相關

☞ 굉장히 맛있어요.

gweng.jang.hi/ma.si.sso*.yo

非常好吃。

☞ 별로 맛이 없어요.

byo*l.lo/ma.si/o*p.sso*.yo

不怎麼好吃。

☞ 정말 맛있어 보입니다.

jo*ng.mal/ma.si.sso*/bo.im.ni.da

看起來非常美味。

•不介意

괜찮아요.

gwe*n.cha.na.yo

沒關係。

(會話)

Ⓐ 미안해요. 다 제 잘못이에요.

mi.an.he*.yo//da/je/jal.mo.si.e.yo

對不起，都是我的錯。

Ⓑ 괜찮아요! 신경 쓰지 마세요!

gwe*n.cha.na.yo//sin.gyo*ng/sseu.ji/ma.se.yo

沒關係！不要放在心上。

(相關)

☞ 이제는 괜찮습니다.

i.je.neun/gwe*n.chan.sseum.ni.da

現在沒事了。

☞ 당신이 없어도 무방합니다.

dang.si.ni/o*p.sso*.do/mu.bang.ham.ni.da

沒有你也無妨。

☞ 그것은 문제가 되지 않는다.

geu.go*.seun/mun.je.ga/dwe.ji/an.neun.da

那不是問題。

• 不必客氣

별 말씀을요.
byo*l/mal.sseu.meu.ryo
別客氣。

(會 話)

Ⓐ 정말 감사합니다.
jo*ng.mal/gam.sa.ham.ni.da
真的太感謝您了。

Ⓑ 별 말씀을요.
byo*l/mal.sseu.meu.ryo
不客氣。

(相 關)

☞ 뭘요.
mwo.ryo
哪裡哪裡（別客氣）。

☞ 천만에요.
cho*n.ma.ne.yo.
不客氣。

☞ 별 말씀을 다 하십니다.
byo*l/mal.sseu.meul/da/ha.sim.ni.da
您太客氣了。

• track 043

• 無須擔心

문제 없어요.

mun.je/o*p.sso*.yo

不要緊。

會話

Ⓐ 오늘 보고서 만약에 완성 못해도 괜찮을까요?

o.neul/bo.go.so*/ma.nya.ge/wan.so*ng/mo.te*.do/gwe*n.cha.neul.ga.yo

如果今天報告沒有做完，也沒關係嗎？

Ⓑ 문제없습니다. 모레 제출하셔도 됩니다.

mun.je.o*p.sseum.ni.da./mo.re/je.chul.ha.syo*.do/dwem.ni.da

不要緊，後天再交就行了。

相關

☞ 절대 아무 문제가 없을 거예요.

jo*l.de*/a.mu/mun.je.ga/o*p.sseul/go*.ye.yo

絕對不會有任何問題。

☞ 걱정할 거 없어요.

go*k.jjo*ng.hal/go*/o*p.sso*.yo

不需要擔心。

☞ 저는 괜찮아요.

jo*.neun/gwe*n.cha.na.yo

我沒關係。

• 表達自己的想法

제 생각에는...

je/se*ng.ga.ge.neun

我覺得…

(會 話)

Ⓐ 제 생각엔 집에서 쉬는 게 좋을 것 같아요.

je/se*ng.ga.gen/ji.be.so*/swi.neun/ge/jo.eul/go*t/ga.ta.yo

我覺得在家裡休息比較好。

Ⓑ 저도 그렇게 생각해요.

jo*.do/geu.ro*.ke/se*ng.ga.ke*.yo

我也那麼認為。

(相 關)

☞ 제 생각은 이렇습니다.

je/se*ng.ga.geun/i.ro*.sseum.ni.da

我的想法是這樣的。

☞ 이건 제 개인적인 의견입니다.

i.go*n/je/ge*.in.jo*.gin/ui.gyo*.nim.ni.da

這是我個人的意見。

☞ 제 판단으로는…

je/pan.da.neu.ro.neun

以我的判斷來看…。

• 欺騙

저를 속이지 말아요.

jo*.reul/sso.gi.ji/ma.ra.yo

別騙我。

會 話

Ⓐ 그게 정말입니까? 저를 속이지 말아요.

geu.ge/jo*ng.ma.rim.ni.ga//jo*.reul/sso.gi.ji/ma.ra.yo

那是真的嗎？別騙我。

Ⓑ 사실이라니까!

sa.si.ri.ra.ni.ga

就說是真的嘛！

相 關

☞ 너는 나를 속일 수 없어!

no*.neun/na.reul/sso.gil/su/o*p.sso*

你騙不了我！

☞ 나를 바보 취급하지 마!

na.reul/ba.bo/chwi.geu.pa.ji/ma

別把我當傻瓜！

• track 046

• 請求幫助

좀 도와주세요.

jom/do.wa.ju.se.yo

請幫個忙。

會話

Ⓐ 혼자서 이 일을 완성하지 못하겠습니다. 좀 도와주세요.

hon.ja.so*/i/i.reul/wan.so*ng.ha.ji/mo.ta.get.sseum.ni.da//jom/do.wa.ju.se.yo

一個人沒辦法完成這項工作，請幫個忙。

Ⓑ 좋아요, 제가 도와드리겠습니다.

jo.a.yo//je.ga/do.wa.deu.ri.get.sseum.ni.da

好的，我幫你。

相關

☞ 제가 도움 드릴게요.

je.ga/do.um/deu.ril.ge.yo

我來幫忙。

☞ 도움 좀 요청해도 되겠습니까?

do.um/jom/yo.cho*ng.he*.do/dwe.get.sseum.ni.ga

可以請您幫個忙嗎？

☞ 좀 도와 주시겠습니까?

jom/do.wa/ju.si.get.sseum.ni.ga

可以幫忙嗎？

• 拒絕

하고 싶지 않아요.

ha.go/sip.jji/a.na.yo

我不想做。

會 話

Ⓐ 집에서 같이 청소 하실래요?

ji.be.so*/ga.chi/cho*ng.so/ha.sil.le*.yo

要不要一起在家打掃？

Ⓑ 저는 하고 싶지 않아요. 조금 이따가
나가봐야 해요.

jo*.neun/ha.go/sip.jji/a.na.yo//jo.geum/i.da.ga/na.
ga.bwa.ya/he*.yo

我不想做，待會要出門了。

相 關

☞ 거절합니다.

go*.jo*l.ham.ni.da

我拒絕。

☞ 저는 정말 못하겠습니다.

jo*.neun/jo*ng.mal/mo.ta.get.sseum.ni.da

我真的辦不到。

☞ 저는 그렇게 할 수 없어요.

jo*.neun/geu.ro*.ke/hal/ssu/o*p.sso*.yo

我不能那樣做。

• 作罷

그만 둬요.
geu.man/dwo.yo
算了吧！

會 話

A 그 사람을 다시 만나면 절대 용서하지
않을거예요.
geu/sa.ra.meul/da.si/man.na.myo*n/jo*l.de*/yong.
so*.ha.ji/a.neul.go*.ye.yo
再讓我遇到那個人，我絕對不會原諒他。

B 그만 둬요. 복수한다고 좋을거 없습니다.
geu.man/dwo.yo./bok.ssu.han.da.go/jo.eul.go*/o*p.
sseum.ni.da
算了吧！報仇也沒有好處嘛！

相 關

☞ 됐어요.
dwe*.sso*.yo
算了吧！

☞ 그만 두는 게 좋을 것 같아.
geu.man/du.neun/ge/jo.eul/go*t/ga.ta
還是算了吧！

• 表達需求

필요 없어요.

pi.ryo/o*p.sso*.yo

不需要。

會 話

A 고객님, 다른 서비스도 필요하십니까?

go.ge*ng.nim,/da.reun/so*.bi.seu.do/pi.ryo.ha.sim.
ni.ga

顧客，您還需要其他的服務嗎？

B 아니요, 필요 없어요.

a.ni.yo,/pi.ryo/o*p.sso*.yo

不了，不需要。

相 關

☞ 많은 자금이 필요합니다.

ma.neun/ja.geu.mi/pi.ryo.ham.ni.da

需要很多資金。

☞ 그건 오히려 필요 없어요.

geu.go*n/o.hi.ryo*/pi.ryo/o*p.sso*.yo

那反到不需要。

•走霉運

정말 재수 없어요.

jo*ng.mal/jje*.su/o*p.sso*.yo

真倒楣。

會 話

Ⓐ 표정이 왜 그래요? 무슨 일 있어요?

pyo.jo*ng.i/we*/geu.re*.yo//mu.seun/il/i.sso*.yo

怎麼那種表情，有什麼事嗎？

Ⓑ 내 지갑 또 잃어 버렸어요. 정말 재수 없어요.

ne*/ji.gap/do/i.ro*/bo*.ryo*.sso*.yo//jo*ng.mal/jje*.su/o*p.sso*.yo

我的錢包又弄丟了，真倒楣。

相 關

☞ 운이 좋다.

u.ni/jo.ta

運氣好。

☞ 저는 정말 행운이 좋아요.

jo*.neun/jo*ng.mal/he*ng.u.ni/jo.a.yo

我真幸運。

☞ 항상 운이 나쁘다.

hang.sang/u.ni/na.beu.da

總是運氣不好。

• 請客

제가 삽니다.

je.ga/sam.ni.da.

我請客。。

會話

Ⓐ 오늘 저녁은 제가 삽니다!

o.neul/jjo*.nyo*.geun/je.ga/sam.ni.da

今天晚餐我請客!

Ⓑ 정말요? 그러면 많이 먹겠습니다.

jo*ng.ma.ryo//geu.ro*.myo*n/ma.ni/mo*k.get.

sseum.ni.da

真的嗎?那要多吃一點了。

相關

☞ 제가 쏠게요!

je.ga/ssol.ge.yo

我請客。

☞ 우리 각자 내지요.

u.ri/gak.jja/ne*.ji.yo

我們各自付錢吧!

☞ 내가 한턱 낼게.

ne*.ga/han.to*k/ne*l.ge

我請你吃飯。

• 後悔

참 후회 돼요.
cham/hu.hwe/dwe*.yo
真後悔。

(會 話)

A 진작 알았으면 그런 말을 하지 않는 건데. 참 후회돼.
jin.jak/a.ra.sseu.myo*n/geu.ro*n/ma.reul/ha.ji/an.
neun/go*n.de//cham/hu.hwe.dwe*
早知道就不該說那種話了。真後悔!

B 지금 그 친구한테 사과해도 늦지 않아.
ji.geum/geu.chin.gu.han.te/sa.gwa.he*.do/neut.jji/a.
na
現在向那位朋友道歉,還不算晚。

(相 關)

☞ 그렇게 하면 안되는 건데.
geu.ro*.ke/ha.myo*n/an.dwe.neun/go*n.de
不該那麼做的。

☞ 지금 정말 후회돼요.
ji.geum/jo*ng.mal/hu.hwe.dwe*.yo
現在真的後悔了。

• 不清楚

몰라요.

mol.la.yo

不知道。

會 話

Ⓐ 남동생이 어디에 있는지 알아?

nam.dong.se*ng.i/o*.di.e/in.neun.ji/a.ra

你知道弟弟在哪裡嗎？

Ⓑ 몰라요.

mol.la.yo

不知道。

相 關

☞ 저도 잘 모르겠어요.

jo*.do/jal/mo.reu.ge.sso*.yo

我也不太清楚。

☞ 이 일에 대해서는 잘 모르겠습니다.

i/i.re/de*.he*.so*.neun/jal/mo.reu.get.sseum.ni.da

我對這件事不是很了解。

☞ 저를 묻지 마세요. 저는 아무것도 모릅니다.

jo*.reul/mut.jji/ma.se.yo./jo*.neun/a.mu.go*t.do/

mo.reum.ni.da

不要問我，我什麼都不知道。

• 擔心、憂慮

걱정하지 마세요.

go*k.jjo*ng.ha.ji/ma.se.yo

別擔心！

會 話

Ⓐ 어떡해요? 너무 걱정돼요.

o*.do*.ke*.yo//no*.mu/go*k.jjo*ng.dwe*.yo

怎麼辦？好擔心！

Ⓑ 걱정하지 마세요. 다 잘 될거예요.

go*k.jjo*ng.ha.ji/ma.se.yo./da/jal/dwel.go*.ye.yo

別擔心，事情會很順利的。

相 關

☞ 그런 일로 고민할 필요가 없어요.

geu.ro*n/il.lo/go.min.hal/pi.ryo.ga/o*p.sso*.yo

不需要為那種事情煩惱。

☞ 걱정할 게 뭐가 있어?

go*k.jjo*ng.hal/ge/mwo.ga/i.sso*

有什麼好擔心的？

• 形容天氣特別熱

더워 죽겠어요.

do*.wo/juk.ge.sso*.yo

熱死了。

會 話

Ⓐ 정말 더워 죽겠어. 아이스크림을 먹으러 갈까?

jo*ng.mal/do*.wo/juk.ge.sso*./a.i.seu.keu.ri.meul/mo*.geu.ro*/gal.ga

真的熱死了，要不要去吃冰淇淋？

Ⓑ 좋아요.

jo.a.yo

好啊！

相 關

☞ 추워 죽겠어요.

chu.wo/juk.ge.sso*.yo

冷死了！

☞ 배고파 죽겠어!

be*.go.pa/juk.ge.sso*

快餓死了！

☞ 진짜 아파 죽겠어요.

jin.jja/a.pa/juk.ge.sso*.yo

真的快痛死了！

• 難易度

너무 어려워요.

no*.mu/o*.ryo*.wo.yo

太難了。

會 話

Ⓐ 이번 임무는 네가 맡아라.

i.bo*n/im.mu.neun/ne.ga/ma.ta.ra

這次的任務給你負責。

Ⓑ 너무 어려워요. 다른 사람에게 맡기세요.

no*.mu/o*.ryo*.wo.yo//da.reun/sa.ra.me.ge/mat.gi.
se.yo

太困難了，請給別人負責。

相 關

☞ 너무 쉬워요.

no*.mu/swi.wo.yo

太簡單了。

☞ 이건 쉬운 일이 아닙니다.

i.go*n/swi.un/i.ri/a.nim.ni.da

這不是件簡單的事情。

☞ 혼자 하기엔 너무 힘들어요.

hon.ja/ha.gi.en/no*.mu/him.deu.ro*.yo

一個人做太辛苦了。

● 不想看到對方

꺼져 버려!
go*.jo*/bo*.ryo*
滾開！

會話

Ⓐ 이 바보야! 이것도 몰라?
i/ba.bo.ya//i.go*t.do/mol.la
你這笨蛋，這個也不知道？

Ⓑ 입 닥쳐! 꺼져 버려.
ip/dak.cho*//go*.jo*/bo*.ryo*
閉嘴！給我滾！

相關

☞ 사라져!
sa.ra.jo*
給我消失！

☞ 내 눈앞에서 사라져!
ne*/nu.na.pe.so*/sa.ra.jo*
快從我眼前消失！

☞ 멀리 꺼져버려!
mo*l.li/go*.jo*.bo*.ryo*
給我滾遠一點！

•表示驚訝或不滿

뭐?

mwo

什麼?

會 話

Ⓐ 뭐, 너 뭐라고 했어?

mwo//no*/mwo.ra.go/he*.sso*

什麼?你說什麼?

Ⓑ 당장 결혼하고 싶다고요.

dang.jang/gyo*l.hon.ha.go/sip.da.go.yo

我說想要馬上結婚。

相 關

☞ 뭐라고요?

mwo.ra.go.yo

你說什麼?

☞ 그게 무슨 말이야?

geu.ge/mu.seun/ma.ri.ya

你那是什麼意思?

☞ 뭐? 당신 미쳤어요?

mwo//dang.sin/mi.cho*.sso*.yo

什麼?你瘋了嗎?

•生氣、憤怒

열 받아요.

yo*l/ba.da.yo

火大。

會 話

Ⓐ 진짜 열받네.

jin.jja/yo*l.ban.ne

真火大耶！

Ⓑ 왜 그래?

we*/geu.re*

怎麼了？

Ⓐ 내 여동생 또 내 돈을 훔쳐 갔어.

ne*/yo*.dong.se*ng/do/ne*/do.neul/hum.cho*.ga.
sso*

我妹妹又把我的錢偷走了。

相 關

☞ 오늘 열 받네!

o.neul/yo*l/ban.ne

今天真火大。

☞ 정말 화가 나요.

jo*ng.mal/hwa.ga/na.yo

真生氣！

• 謊話

거짓말 하지 마세요.

go*.jin.mal/ha.ji/ma.se.yo

不要説謊。

會話

A 그, 그게 사실인가요? 거짓말 하지 마세요.

geu//geu.ge/sa.si.rin.ga.yo//go*.jin.mal/ha.ji/ma.se.yo

那…那是事實嗎？別説謊！

B 정말 사실이에요.

jo*ng.mal/ssa.si.ri.e.yo

是真的！

相關

☞ 뻥치지 마.

bo*ng.chi.ji/ma

不要説謊！

☞ 거짓말하는 건 아니겠지?

go*.jin.mal.ha.neun/go*n/a.ni.get.jji

不是説謊的吧？

•道別

잘 가요.

jal ga.yo

走好。／再見。

會話

A 잘 가요. 내일 봐요.

jal/ga.yo//ne*.il/bwa.yo

拜拜！明天見！

B 응, 안녕.

eung//an.nyo*ng

嗯，再見！

相關

☞ 안녕, 나중에 보자.

an.nyo*ng//na.jung.e/bo.ja

拜拜，以後再見！

☞ 안녕히 계세요.

an.nyo*ng.hi/gye.se.yo

再見。（向要留在原地的人道再見時）

☞ 안녕히 가세요.

an.nyo*ng.hi/ga.se.yo

再見。（向要離開的人道再見時）

• track 062

•詢問他人職業

무슨 일을 하세요?

mu.seun/i.reul/ha.se.yo

您的工作是?

會話

A 아버님은 무슨 일을 하세요?

a.bo*.ni.meun/mu.seun/i.reul/ha.se.yo

您的父親是做什麼的呢?

B 대학교에서 영어를 가르칩니다.

de*.hak.gyo.e.so*/yo*ng.o*.reul/ga.reu.chim.ni.da

在大學教英文。

相 關

☞하시는 일이 뭐예요?

ha.si.neun/i.ri/mwo.ye.yo

您的職業是什麼?

☞직업이 뭐예요?

ji.go*.bi/mwo.ye.yo

您的職業是什麼?

☞뭐 하시는 분입니까?

mwo/ha.si.neun/bu.nim.ni.ga

您是做什麼的呢?

•附帶詢問

어떻습니까?
o*.do*.sseum.ni.ga

如何呢？

(會 話)

A 손님, 이것은 어떻습니까?
son.nim//i.go*.seun/o*.do*.sseum.ni.ga
顧客，這個如何呢？

B 마음에 드네요. 이걸로 주세요.
ma.eu.me/deu.ne.yo//i.go*l.lo/ju.se.yo
很喜歡耶！那給我這個。

(相 關)

☞ 어때요?
o*.de*.yo
如何呢？

☞ 울어도 좋습니까?
u.ro*.do/jo.sseum.ni.ga
可以哭嗎？

☞ 담배를 피워도 괜찮겠습니까?
dam.be*.reul/pi.wo.do/gwe*n.chan.ket.sseum.ni.ga
抽菸也沒關係嗎？

• 要求推薦

추천해 주세요.

chu.cho*n.he*/ju.se.yo

請為我們做推薦。

會 話

Ⓐ 뭘 먹어야 할지 모르겠어요. 추천해 주
세요.

mwol/mo*.go*.ya/hal.jji/mo.reu.ge.sso*.yo//chu.
cho*n.he*/ju.se.yo

我不知道要吃什麼,請推薦一下。

Ⓑ 삼계탕은 아주 맛있습니다. 한번 드셔
보세요.

sam.gye.tang.eun/a.ju/ma.sit.sseum.ni.da//han.bo*n/
deu.syo*.bo.se.yo.

雞湯很好吃,請品嚐看看。

相 關

☞ 뭘 권하시겠습니까?

mwol/gwon.ha.si.get.sseum.ni.ga

您推薦什麼呢?

☞ 추천 좀 해 주시겠어요?

chu.cho*n/jom/he*/ju.si.ge.sso*.yo

可以推薦一下嗎?

☞ 어떤 특별한 음식이 있습니까?

o*.do*n/teuk.byo*l.han/eum.si.gi/it.sseum.ni.ga

有什麼特別的菜色嗎?

•其餘選項

다른 거 없어요?

da.reun/go*/o*p.sso*.yo

沒有其他的嗎?

會話

A 이 디자인은 좀 별로예요. 다른 거 없어요?

i/di.ja.i.neun/jom/byo*l.lo.ye.yo//da.reun/go*/o*p.sso*.yo

這個設計不怎麼樣,沒有其他的嗎?

B 그럼 이건 어때요?

geu.ro*m/i.go*n/o*.de*.yo

那這個如何呢?

相關

☞다른 색깔은 없습니까?

da.reun/se*k.ga.reun/o*p.sseum.ni.ga

沒有其他顏色嗎?

☞다른 스타일을 보여 주시겠습니까?

da.reun/seu.ta.i.reul/bo.yo*/ju.si.get.sseum.ni.ga

可以給我看看其他的樣式嗎?

☞다른 모양은 없습니까?

da.reun/mo.yang.eun/o*p.sseum.ni.ga

沒有別的模樣?

• 額外問題

질문 없습니까?

jil.mun/o*p.sseum.ni.ga

有沒有問題？

會 話

A 질문 없습니까?

jil.mun/o*p.sseum.ni.ga

有沒有問題？

B 없습니다.

o*p.sseum.ni.da

沒有。

A 그럼 오늘은 여기까지입니다.

geu.ro*m/o.neu.reun/yo*.gi.ga.ji.im.ni.da

那麼，今天就到這裡。

相 關

☞ 문제 있습니까?

mun.je/it.sseum.ni.ga

有問題嗎？

☞ 그외에, 질문이 더 있나요?

geu.we.e//jil.mu.ni/do*/in.na.yo

除此之外，還有問題嗎？

• track 067

• 詢問

이것이 무엇입니까?

i.go*.si/mu.o*.sim.ni.ga

這是什麼？

會 話

A 이것이 무엇입니까?
i.go*.si/mu.o*.sim.ni.ga
這是什麼？

B 딸기케이크입니다.
dal.gi.ke.i.keu.im.ni.da
這是草莓蛋糕。

A 그럼 하나 주세요.
geu.ro*m/ha.na/ju.se.yo
那給我一份。

相 關

☞ 저것은 뭐예요?
jo*.go*.seun/mwo.ye.yo
那是什麼？

☞ 이건 과일이야?
i.go*n/gwa.i.ri.ya
這是水果嗎？

• 關心他人

무슨 일이 있어요?

mu.seun/i.ri/i.sso*.yo

有什麼事呢?

會話

A 안색이 안 좋아요. 무슨 일이 있어요?

an.se*.gi/an/jo.a.yo//mu.seun/i.ri/i.sso*.yo

你臉色不好,有什麼事嗎?

B 어제 우리집 강아지가 죽었어요.

o*.je/u.ri.jip/gang.a.ji.ga/ju.go*.sso*.yo

昨天我們家小狗死掉了。

相關

☞무슨 일 생겼어요?

mu.seun/il/se*ng.gyo*.sso*.yo

發生了什麼事情嗎?

☞무슨 일 때문에 그래요?

mu.seun/il/de*.mu.ne/geu.re*.yo

為了什麼事情這樣呢?

☞도대체 왜 그래요?

do.de*.che/we*/geu.re*.yo

到底是怎麼了?

• 無奈接受

어쩔 수 없어요.

o*.jjo*l/su/o*p.sso*.yo

沒辦法。

會 話

Ⓐ 이번에도 실패 했어요.

i.bo*.ne.do/sil.pe*/he*.sso*.yo

這次也失敗了。

Ⓑ 어쩔 수 없어요. 연습이 부족하니까요.

o*.jjo*l/su/o*p.sso*.yo//yo*n.seu.bi/bu.jo.ka.ni.ga.yo

沒辦法啊！因為練習不夠。

相 關

☞ 운명이니까 할 수 없습니다.

un.myo*ng.i.ni.ga/hal/ssu/o*p.sseum.ni.da

這是命運，沒辦法。

☞ 정말 방법이 없다.

jo*ng.mal/bang.bo*.bi/o*p.da

真的沒有辦法。

• 嚴肅性問題

진심이에요?

jin.si.mi.e.yo

你是認真的嗎？

會 話

🅐 나나랑 결혼할 거예요.

na.na.rang/gyo*l.hon.hal/go*.ye.yo

我要和娜娜結婚。

🅑 그거 진심이야?

geu.go*/jin.si.mi.ya

你是認真的嗎？

🅐 네, 전 진심이에요.

ne//jo*n/jin.si.mi.e.yo

是的，我是認真的。

相 關

☞ 거짓말이지?

go*.jin.ma.ri.ji

騙人的吧？

☞ 거짓말 하지마!

go*.jin.mal/ha.ji.ma

不要説謊！

•瞭解

알겠습니다.

al.gct.sscum.ni.da

我知道了。

(會 話)

Ⓐ 내일 오전 11시전에 이 연구보고를 제
출하세요.

ne*.il/o.jo*n/yo*l.han.si.jo*.ne/i/yo*n.gu.bo.go.
reul/jje.chul.ha.se.yo

明天上午 11 點以前，要交這份研究報告。

Ⓑ 네, 알겠습니다.

ne//al.get.sseum.ni.da.

好的，我知道了。

(相 關)

☞ 좋아요.
jo.a.yo
好的。

☞ 알았습니다.
a.rat.sseum.ni.da
我明白了。

• 難以理解、棘手

이해하기 어렵다.

i.he*.ha.gi/o*.ryo*p.da

真難懂。

(會話)

Ⓐ 이 부분은 정말 이해하기 어렵네.

i/bu.bu.neun/jo*ng.mal/i.he*.ha.gi/o*.ryo*m.ne.

這一部分真的很難懂耶！

Ⓑ 어디? 내가 설명해 줄게.

o*.di//ne*.ga/so*l.myo*ng.he*/jul.ge

哪裡？我解釋給你聽。

(相關)

☞ 너무 복잡해요.

no*.mu/bok.jja.pe*.yo

太複雜。

☞ 정말 까다로워요.

jo*ng.mal/ga.da.ro.wo.yo

真棘手。

• 感到驕傲

영광입니다.

yo*ng.gwang.im.ni.da

深感榮幸。

(會 話)

Ⓐ 같이 와 주셔서 정말 감사합니다.

ga.chi/wa/ju.syo*.so*/jo*ng.mal/gam.sa.ham.ni.da

謝謝您陪我來。

Ⓑ 별 말씀을요. 영광입니다.

byo*l/mal.sseu.meu.ryo//yo*ng.gwang.im.ni.da

不客氣，這是我的榮幸。

(相 關)

☞ 만나 뵙게 되어 영광입니다.

man.na/bwep.ge/dwe.o*/yo*ng.gwang.im.ni.da

見到您是我的榮幸。

☞ 당신과 식사할 기회를 가져서 기쁩니다.

dang.sin.gwa/sik.ssa.hal/gi.hwe.reul/ga.jo*.so*/gi.

beum.ni.da

很高興能與您一起用餐。

• 要求安靜

조용하세요.

jo.yong.ha.se.yo

請安靜！

（會 話）

Ⓐ 통화중이니까 제발 조용히 해주세요.

tong.hwa.jung.i.ni.ga/je.bal/jjo.yong.hi/he*.ju.se.yo

我在講電話，拜託請安靜一點。

Ⓑ 죄송합니다.

jwe.song.ham.ni.da

對不起。

（相 關）

☞ 조용하세요.

jo.yong.ha.se.yo

請安靜。

☞ 입 닥쳐!

ip/dak.cho*

給我閉嘴！

☞ 너무 시끄러워요.

no*.mu/si.geu.ro*.wo.yo

太吵了。

• 抱歉打擾

실례합니다.

sil.lye.ham.ni.da

抱歉打擾您。

(會話)

A 들어 오십시오.

deu.ro*/o.sip.ssi.o

請進。

B 실례합니다.

sil.lye.ham.ni.da

打擾了。

(相關)

☞ 실례하겠습니다.

sil.lye.ha.get.sseum.ni.da

我先離開了。

☞ 실례합니다. 커피 좀 주시겠어요?

sil.lye.ham.ni.da./ko*.pi/jom/ju.si.ge.sso*.yo

打擾一下，可以給我咖啡嗎？

•出色

대단해요.
de*.dan.he*.yo

了不起！

(會話)

Ⓐ 이런 성적을 받았으니 정말 대단해요.
i.ro*n/so*ng.jo*.geul/ba.da.sseu.ni/jo*ng.mal/de*.
dan.he*.yo

能取得這種成績，真了不起。

Ⓑ 과찬이십니다!
gwa.cha.ni.sim.ni.da

您過獎了！

(相關)

☞ 아주 멋지다.
a.ju/mo*t.jji.da

好酷！

☞ 너무 훌륭해요.
no*.mu/hul.lyung.he*.yo

太了不起了！

☞ 멋있다!
mo*.sit.da

好帥！

•用電話保持聯絡

전화해 주세요.
jo*n.hwa.he*/ju.se.yo
打電話給我。

會 話

Ⓐ 여기 오실 때 전화해 주세요.
yo*.gi/o.sil/de*/jo*n.hwa.he*/ju.se.yo
來這裡的時候，打電話給我。

Ⓑ 예, 알겠습니다.
ye//al.get.sseum.ni.da
好的，我知道了。

相 關

☞ 다시 연락 드리겠습니다.
da.si/yo*l.lak/deu.ri.get.sseum.ni.da
會再連絡您。

☞ 가끔 전화해 주세요.
ga.geum/jo*n.hwa.he*/ju.se.yo
有空打電話給我。

• 保持聯絡

메일 보내 주세요.

me.il/bo.ne*/ju.se.yo

請寫 mail 給我。

(會 話)

Ⓐ 시간이 다 되었네요. 그럼 전 먼저 가 보겠습니다.

si.ga.ni/da/dwe.o*n.ne.yo//geu.ro*m/jo*n/mo*n.jo*/ga/bo.get.sseum.ni.da

時間到了，那我先走了。

Ⓑ 조심히 다녀 오세요. 무슨 일 있으면 메일 보내 주세요.

jo.sim.hi/da.nyo*/o.se.yo//mu.seun/il/i.sseu.myo*n/me.il/bo.ne*/ju.se.yo

路上小心，如果有什麼事，請寫 mail 告訴我。

(相 關)

☞ 자주 연락하세요.

ja.ju/yo*l.la.ka.se.yo

請保持聯絡。

☞ 다시 메일을 보내 드리겠습니다.

da.si/me.i.reul/bo.ne*/deu.ri.get.sseum.ni.da

我會再寄 mail 給您的。

•勸人冷靜

진정해요.

jin.jo*ng.he*.yo

冷靜下來。

會 話

Ⓐ 정말 더 이상 못 참겠어!

jo*ng.mal/do*/i.sang/mot/cham.ge.sso*

我無法再忍耐了。

Ⓑ 진정해. 갑자기 왜 이래?

jin.jo*ng.he*//gap.jja.gi/we*/i.re*

冷靜！怎麼突然這樣？

相 關

☞ 제발 진정하세요.

je.bal/jjin.jo*ng.ha.se.yo

拜託冷靜下來！

☞ 여러분 진정하세요.

yo*.ro*.bun/jin.jo*ng.ha.se.yo

各位，請冷靜！

• 單獨談話

지금 시간 있어요?

ji.geum/si.gan/i.sso*.yo

現在有空嗎？

會 話

Ⓐ 부장님, 지금 시간 있습니까?

bu.jang.nim//ji.geum/si.gan/it.sseum.ni.ga

部長，您現在有空嗎？

Ⓑ 네, 무슨 일이에요?

ne//mu.seun/i.ri.e.yo

好的，有什麼事？

相 關

☞ 시간 좀 주세요.

si.gan/jom/ju.se.yo

抽點時間給我吧！

☞ 지금 바쁘세요?

ji.geum/ba.beu.se.yo

現在忙嗎？

☞ 지금 한가하십니까?

ji.geum/han.ga.ha.sim.ni.ga

現在有閒空嗎？

• 改變話題

그런데.

gcu.ro*n.de

對了。

會 話

Ⓐ 사장님, 이건 이번 회의의 자료입니다.

sa.jang.nim//i.go*n/i.bo*n/hwe.ui.ui/ja.ryo.im.ni.da

社長，這是這次會議的資料。

Ⓑ 네, 고마워요. 그런데, 그 건은 어떻게 됐습니까?

ne//go.ma.wo.yo//geu.ro*n.de//geu/go*.neun/o*.do*.ke/dwe*t.sseum.ni.ga

好的，謝謝。對了，那件案子怎麼樣了？

相 關

☞ 참!

cham

對了！

☞ 이것보다.

i.go*t.bo.da

比起這件事。（還有別的事更重要）

• 道賀

축하합니다!

chu.ka.ham.ni.da

恭喜！

會話

A 저는 서울대학교에 입학했어요.

jo*.neun/so*.ul.de*.hak.gyo.e/i.pa.ke*.sso*.yo

我考上首爾大學了！

B 정말이에요? 축하합니다!

jo*ng.ma.ri.e.yo//chu.ka.ham.ni.da

真的嗎？恭喜你了。

相關

☞ 생일 축하합니다!

se*ng.il/chu.ka.ham.ni.da

生日快樂！

☞ 결혼을 축하합니다!

gyo*l.ho.neul/chu.ka.ham.ni.da

新婚快樂！

• 告白

좋아해요.

jo.a.he*.yo

我喜歡你！

(會 話)

A 저한테 뭐 할 말이 있어요?

jo*.han.te/mwo/hal/ma.ri/i.sso*.yo

要和我説什麼嗎？

B 사실은 저 오래전부터 나나씨를 좋아
했어요. 저랑 사귑시다.

sa.si.reun/jo*/o.re*.jo*n.bu.to*/na.na.ssi.reul/jjo.a.
he*.sso*.yo//jo*.rang/sa.gwip.ssi.da

其實我從以前就喜歡娜娜小姐了。和我交往吧！

(相 關)

☞ 사랑해요.

sa.rang.he*.yo

我愛你！

☞ 우리 결혼해요.

u.ri/gyo*l.hon.he*.yo

我們結婚吧！

• 詢問他人是否聽懂

이해합니까?

i.he*.ham.ni.ga

懂了嗎？

（會 話）

Ⓐ 제 말은 이해합니까?

je/ma.reun/i.he*.ham.ni.ga

聽得懂我講的話嗎？

Ⓑ 이해 잘 못합니다. 다시 말씀해 주세요.

i.he*/jal/mo.tam.ni.da//da.si/mal.sseum.he*/ju.se.yo

不太了解，請再說一次。

（相 關）

☞ 알아들어요?

a.ra.deu.ro*.yo

聽得懂嗎？

☞ 무슨 문제 있습니까?

u.seun/mun.je/it.sseum.ni.ga

有什麼問題嗎？

☞ 다른 의견 있습니까?

da.reun/ui.gyo*n/it.sseum.ni.ga

有其他意見嗎？

• 放輕鬆

긴장하지 말아요.

gin.jang.ha.ji/ma.ra.yo

不要緊張。

會 話

Ⓐ 너무 떨려요. 어떡해요?

no*.mu/do*l.lyo*.yo//o*.do*.ke*.yo

好緊張，怎麼辦？

Ⓑ 긴장하지 말아요. 아무것도 아니에요.

gin.jang.ha.ji/ma.ra.yo//a.mu.go*t.do/a.ni.e.yo

不要緊張，那沒什麼。

相 關

☞ 긴장하지 마. 내가 네 옆에 있으니까.

gin.jang.ha.ji/ma//ne*.ga/ne/yo*.pe/i.sseu.ni.ga

別緊張，因為我在你身邊。

☞ 이제는 안심해도 돼.

i.je.neun/an.sim.he*.do/dwe*

你現在可以放心了。

☞ 마음 편히 가지세요.

ma.eum/pyo*n.hi/ga.ji.se.yo

請放輕鬆。

• 別插手

너랑 상관없어.

no*.rang/sang.gwa.no*p.sso*

不關你的事。

會 話

Ⓐ 이런 일은 왜 나한테 말해 주지 않았니?

i.ro*n/i.reun/we*/na.han.te/mal.he*/ju.ji/a.nan.ni

這種事怎麼沒告訴我？

Ⓑ 너랑 상관없잖아.

no*.rang/sang.gwa.no*p.jja.na

不關你的事啊！

相 關

☞ 상관하지 마!

sang.gwan.ha.ji/ma

不要插手！

☞ 네가 상관할 일이 아니야.

ne.ga/sang.gwan.hal/i.ri/a.ni.ya

這不是你該管的事。

☞ 너와 무슨 상관이 있니?

no*.wa/mu.seun/sang.gwa.ni/in.ni

與你何干？

•不可能發生的事

불가능해요.

bul.ga.neung.he*.yo

不可能。

會話

A 그건 절대 이루어지지 않을 겁니다.

geu.go*n/jo*l.de*/i.ru.o*.ji.ji/a.neul/go*m.ni.da

那是絕對不會實現的。

B 맞아요. 그런 일은 불가능합니다.

ma.ja.yo//geu.ro*n/i.reun/bul.ga.neung.ham.ni.da

沒錯，那種事是不可能的。

相關

☞하늘에 별 따기보다 더 힘듭니다.

ha.neu.re/byo*l/da.gi.bo.da/do*/him.deum.ni.da

比上天摘星還要難。

☞거의 불가능해요.

go*.ui/bul.ga.neung.he*.yo

幾乎不可能。

☞이게 가능한 일인가요?

i.ge/ga.neung.han/i.rin.ga.yo

這有可能嗎？

• 遺憾

정말 아쉬워요.

jo*ng.mal/a.swi.wo.yo

真可惜！

會 話

Ⓐ 이런 좋은 기회를 놓친다는 게 정말 아
쉬워요.

i.ro*n/jo.eun/gi.hwe.reul/not.chin.da.neun/ge/jo*ng.
mal/a.swi.wo.yo

錯失這種好機會，真可惜！

Ⓑ 너무 속상해 하지 마세요. 다음에 또
기회가 오겠죠.

no*.mu/sok.ssang.he*/ha.ji.ma.se.yo//da.eu.me/do/
gi.hwe.ga/o.get.jjyo

不要太傷心了，還會有下個機會的。

相 關

☞ 한이 돼요.
ha.ni/dwe*.yo
很遺憾。

☞ 정말 유감입니다.
jo*ng.mal/yu.ga.mim.ni.da
真讓人遺憾。

☞ 참 아깝네요.
cham/a.gam.ne.yo
真可惜耶！

• 鼓勵他人

낙심 하지 말아요.

nak.ssim.ha.ji/ma.ra.yo

不要灰心。

會 話

Ⓐ 계속 일자리를 찾지 못해서 너무 속상
합니다.

gye.sok/il.ja.ri.reul/chat.jji/mo.te*.so*/no*.mu/sok.
ssang.ham.ni.da

一直找不到工作，真傷心。

Ⓑ 너무 낙심하지 말아요. 힘 내세요.

no*.mu/nak.ssim.ha.ji/ma.ra.yo//him/ne*.se.yo

不要灰心，加油！

相 關

☞ 도망가지 마라!

do.mang.ga.ji/ma.ra

不要逃避！

☞ 너무 슬프지 마세요.

no*.mu/seul.peu.jji/ma.se.yo

不要太難過！

•信任

저를 믿으세요.

jo*.reul/mi.deu.se.yo

請相信我！

(會 話)

Ⓐ 이번 일은 잘 할 수 있나?

i.bo*n/i.reun/jal/hal/ssu/in.na

這次的事情你可以辦好嗎？

Ⓑ 저를 믿으세요. 꼭 잘 처리할게요.

jo*.reul/mi.deu.se.yo//gok/jal/cho*.ri.hal.ge.yo

請相信我！我一定會好好處理。

(相 關)

☞ 나만 믿어.

na.man/mi.do*

相信我。

☞ 신뢰할 수 없다.

sil.lwe.hal/ssu/o*p.da

不能信賴。

☞ 의지할 수 있다.

ui.ji.hal/ssu/it.da

可以依賴。

•邀約

다음에.

da.eu.me

下次。

會 話

A 다음에 시간 있으면 같이 술이나 한잔
하죠.

da.eu.me/si.gan/i.sseu.myo*n/ga.chi/su.ri.na/han.

jan/ha.jyo

若下次有時間一起喝酒吧！

B 당연하죠.

dang.yo*n.ha.jyo

當然好囉！

相 關

☞ 나중에.

na.jung.e

以後。/下次。

☞ 다음에 할게요.

da.eu.me/hal.ge.yo

下次再做。

☞ 다음에 만나요.

da.eu.me/man.na.yo

下次見。

•督促他人

정신 좀 차려!

jo*ng.sin/jom/cha.ryo*

打起精神來吧！

會 話

Ⓐ 저는 왜 이렇게 불쌍하지요?

jo*.neun/we*/i.ro*.ke/bul.ssang.ha.ji.yo

我怎麼這麼可憐啊！

Ⓑ 그러지 말고 정신 좀 차려!

geu.ro*.ji/mal.go/jo*ng.sin/jom/cha.ryo*

別這樣，打起精神吧！

相 關

☞기운을 내요!

gi.u.neul/ne*.yo

打起精神吧！

☞분발 하세요.

bun.bal/ha.se.yo

好好努力吧！

• 沒有胃口

입맛이 없어요.

im.ma.si/o*p.sso*.yo

沒食慾。

會 話

Ⓐ 왜 안 드세요? 피자 안 좋아해요?

we*/an/deu.se.yo//pi.ja/an/jo.a.he*.yo

為什麼不吃呢？不喜歡披薩嗎？

Ⓑ 아니요, 그냥 입맛이 없네요.

a.ni.yo//geu.nyang/im.ma.si/o*m.ne.yo

不是，只是沒胃口。

相 關

☞ 식욕이 없어요.

si.gyo.gi/o*p.sso*.yo

沒食慾。

☞ 저는 요즘 식욕이 없습니다.

jo*.neun/yo.jeum/si.gyo.gi/o*p.sseum.ni.da

我最近沒有食慾。

• 支持

찬성해요.

chan.so*ng.he*.yo

我贊同。

會話

A 나나씨는 어떻게 생각해요?

na.na.ssi.neun/o*.do*.ke/se*ng.ga.ke*.yo

娜娜小姐，您認為呢？

B 저는 찬성해요.

jo*.neun/chan.so*ng.he*.yo

我很贊同。

相關

☞ 동의해요.

dong.ui.he*.yo

我同意。

☞ 이 제안을 찬성해요.

i/je.a.neul/chan.so*ng.he*.yo

我贊成這個提案。

☞ 그 정책을 지지합니다.

geu/jo*ng.che*.geul/jji.ji.ham.ni.da

我支持那個政策。

•持反對意見

반대해요.

ban.de*.he*.yo

我反對。

會 話

A 이 제안은 반대해요.

i/je.a.neun/ban.de*.he*.yo

這個提案我反對。

B 왜 반대 합니까?

we*/ban.de*/ham.ni.ga

為什麼反對呢？

A 너무 위험하니까요.

no*.mu/wi.ho*m.ha.ni.ga.yo

因為太危險了。

相 關

☞동의하지 않다.

dong.ui.ha.ji/an.ta

不同意。

☞찬성하지 않다.

chan.so*ng.ha.ji/an.ta

不贊成。

• 不知該如何是好

어떡하죠?

o*.do*.ka.jyo

怎麼辦？

會 話

Ⓐ 제가 실수를 저질렀습니다. 어떡하죠?

je.ga/sil.su.reul/jjo*.jil.lo*t.sseum.ni.da//o*.do*.ka.
jyo

我犯錯了，怎麼辦？

Ⓑ 괜찮아. 누구나 실수를 통해서 배우니까.

gwe*n.cha.na//nu.gu.na/sil.su.reul/tong.he*.so*/
be*.u.ni.ga

沒關係，每個人都是在錯誤中學習的。

相 關

☞ 어떻게 하면 좋을까?

o*.do*.ke/ha.myo*n/jo.eul.ga

該怎麼辦才好？

☞ 어떻게 해야 할지 모르겠어요.

o*.do*.ke/he*.ya/hal.jji/mo.reu.ge.sso*.yo

不知道該怎麼辦。

• 丟臉

망신 당했어요.

mang.sin/dang.he*.sso*.yo

沒面子。

會 話

Ⓐ 왜 울어? 무슨 일이야?

we*/u.ro*//mu.seun/i.ri.ya

怎麼哭了？發生什麼事？

Ⓑ 오늘 여러 사람 앞에서 망신 당했어요.

o.neul/yo*.ro*/sa.ram/a.pe.so*/mang.sin/dang.he*.

sso*.yo

今天在很多人面前沒面子。

相 關

☞ 체면을 잃었어요.

che.myo*.neul/i.ro*.sso*.yo

丟面子。

☞ 창피해요.

chang.pi.he*.yo

好丟臉！

☞ 창피하지 않아?

chang.pi.ha.ji/a.na

你不覺得丟臉嗎？

• 分手

헤어졌어요.

he.o*.jo*.sso*.yo

分手了。

會 話

Ⓐ 왜 네 남자친구 안 보여?

we*/ne/nam.ja.chin.gu/an/bo.yo*

怎麼沒看到你男朋友？

Ⓑ 성격이 안 맞아서 어제 헤어졌어요.

so*ng.gyo*.gi/an/ma.ja.so*/o*.je/he.o*.jo*.sso*.yo

因為個性不合，昨天分手了。

相 關

☞ 남자친구에게 차였어요.

nam.ja.chin.gu.e.ge/cha.yo*.sso*.yo

被男朋友甩了。

☞ 여자 친구랑 헤어졌어요.

yo*.ja/chin.gu.rang/he.o*.jo*.sso*.yo

和女朋友分手了。

●聽不懂對方的話

잘 못 알아들어요.

jal/mot/a.ra.deu.ro*.yo

我聽不太懂。

會 話

Ⓐ 제 말을 알아들으셨나요?

je/ma.reul/a.ra.deu.reu.syo*n.na.yo

您聽得懂我說的話嗎？

Ⓑ 사실은 잘 못 알아들었어요. 간단하게 설명해 주시겠습니까?

sa.si.reun/jal/mot/a.ra.deu.ro*.sso*.yo//gan.dan.ha.ge/so*l.myo*ng.he* ju.si.get.sseum.ni.ga

其實我聽不太懂。您可以簡單做說明嗎？

相 關

☞그게 무슨 뜻이죠?

geu.ge/mu.seun/deu.si.jyo

這是什麼意思？

☞이해를 잘 못하겠어요.

i.he*.reul/jjal/mo.ta.ge.sso*.yo

我不太懂你的意思。

☞방금 뭐라고 말씀하셨습니까?

bang.geum/mwo.ra.go/mal.sseum.ha.syo*t.sseum.ni.ga

您剛才說什麼？

• 聽不見

잘 안 들립니다.

jal/an/deul.lim.ni.da

我聽不清楚。

會 話

A 죄송해요. 잘 안 들립니다. 다시 한번 말해 주시겠어요?

jwe.song.he*.yo//jal/an/deul.lim.ni.da//da.si/han. bo*n/mal.he*/ju.si.ge.sso*.yo

你可以再説一次嗎?

B 네.

ne

好的。

相 關

☞ 전혀 안 들려요.

jo*n.hyo*/an/deul.lyo*.yo

完全聽不見。

☞ 큰 소리로 얘기해 주세요.

keun/so.ri.ro/ye*.gi.he*/ju.se.yo

請講大聲一點。

• **討厭**

싫어요.

si.ro*.yo

不喜歡。

(會 話)

Ⓐ 공부 하는걸 정말 싫어해요.

gong.bu/ha.neun.go*l/jo*ng.mal/ssi.ro*.he*.yo

真討厭讀書。

Ⓑ 공부를 좋아하는 사람은 없겠지?

gong.bu.reul/jjo.a.ha.neun/sa.ra.meun/o*p.get.jji

應該沒有人喜歡讀書吧?

(相 關)

☞ 미워요.

mi.wo.yo

討厭。

☞ 좋아하지 않아요.

jo.a.ha.ji/a.na.yo

不喜歡。

☞ 죽기보다 싫다.

juk.gi.bo.da/sil.ta

討厭死了!

• 正確無誤

맞아요.
ma.ja.yo
沒錯。

會 話

Ⓐ 이렇게 하면 되나요?
i.ro*.ke/ha.myo*n/dwe.na.yo
這樣做就可以了嗎？

Ⓑ 네, 맞아요.
ne//ma.ja.yo
是的，沒錯。

相 關

☞ 그렇습니다.
geu.ro*.sseum.ni.da
沒錯。

☞ 틀림없어요.
teul.li.mo*p.sso*.yo
沒錯。

☞ 옳다.
ol.ta
正確。

• 詢問對方大名

성함이 어떻게 되십니까?

so*ng.ha.mi/o*.do*.ke/dwe.sim.ni.ga

您貴姓大名？

會 話

Ⓐ 성함이 어떻게 되십니까?

so*ng.ha.mi/o*.do*.ke/dwe.sim.ni.ga

您貴姓大名？

Ⓑ 저는 박미선이라고 합니다.

jo*.neun/bang.mi.so*.ni.ra.go/ham.ni.da

我叫做朴美善。

相 關

☞ 이름이 뭐예요?

i.reu.mi/mwo.ye.yo

你叫什麼名字？

☞ 너 별명이 뭐야?.

no*/byo*l.myo*ng.i/mwo.ya

你外號是什麼？

• 詢問他人年齡

연세가 어떻게 되십니까?

yo*n.se.ga/o*.do*.ke/dwe.sim.ni.ga

請問您貴庚？

會話

A 실례지만 연세가 어떻게 되십니까?

sil.lye.ji.man/yo*n.se.ga/o*.do*.ke/dwe.sim.ni.ga

請問您貴庚？

B 47 살입니다.

ma.heu.nil.gop/sa.rim.ni.da

47 歲。

相關

☞ 나이가 어떻게 되세요?

na.i.ga/o*.do*.ke/dwe.se.yo

你的年齡是？

☞ 몇 살이야?

myo*t/sa.ri.ya

你幾歲？

• 高興

기뻐요.

gi.bo*.yo

我很高興。

會 話

🅐 다시 만나서 정말 기뻐요.

da.si/man.na.so*/jo*ng.mal/gi.bo*.yo

再見到你，真的很高興。

🅑 저도 너무 반가워요.

jo*.do/no*.mu/ban.ga.wo.yo

我也很高興。

相 關

☞ 좋아 죽겠어.

jo.a/juk.ge.sso*

高興極了！

☞ 아주 좋군요!

a.ju/jo.ku.nyo

太好了！

☞ 정말 잘했어요.

jo*ng.mal/jjal.he*.sso*.yo

做得真好！

•不像話

말도 안 돼요.

mal.do/an/dwe*.yo

太離譜了。

會 話

Ⓐ 이런 사람도 상을 받다니, 말도 안돼요.

i.ro*n/sa.ram.do/sang.eul/bat.da.ni//mal.do/an.
dwe*.yo

這種人也得獎，太離譜了。

Ⓑ 이러지 말고 그 사람 능력이 있잖아요.

i.ro*.ji/mal.go/geu/sa.ram/neung.nyo*.gi/it.jja.na.yo

別這樣，那個人有能力嘛！

相 關

☞ 너무해!

no*.mu.he*

太誇張！

☞ 말도 안 되는 소리 하지 마라.

mal.do/an/dwe.neun/so.ri/ha.ji/ma.ra

別說那種離譜的話。

☞ 그건 절대 무리입니다. 말도 안돼요!

geu.go*n/jo*l.de*/mu.ri.im.ni.da//mal.do/an.dwe*.
yo

那是絕對不可能的！太離譜了！

• 害怕

무서워요.

mu.so*.wo.yo

好可怕。

會 話

Ⓐ 어떡해? 지진이다. 무서워.

o*.do*.ke*//ji.ji.ni.da//mu.so*.wo

怎麼辦？地震！好可怕！

Ⓑ 냉정해! 금방 끝날 거야.

ne*ng.jo*ng.he*//geum.bang/geun.nal/go*.ya

冷靜一點！馬上就結束了。

相 關

☞ 흥분하지 마세요!

heung.bun.ha.ji/ma.se.yo

不要激動！

☞ 이성을 찾아!

i.so*ng.eul/cha.ja

理智一點。

☞ 겁이 나요.

go*.bi/na.yo

害怕。

• 幸運

다행이에요!

da.he*ng.i.e.yo

幸好！

會話

Ⓐ 이번 시험이 어렵지 않아서 정말 다행
이에요.

i.bo*n/si.ho*.mi/o*.ryo*p.jji/a.na.so*/jo*ng.mal/da.

he*ng.i.e.yo

幸好這次考試不難。

Ⓑ 저도 무사히 통과했어요.

jo*.do/mu.sa.hi/tong.gwa.he*.sso*.yo

我也順利通過考試了。

相 關

☞ 사고가 날 뻔했어요.

sa.go.ga/nal/bo*n.he*.sso*.yo

差點出車禍。

☞ 운이 참 좋아요!

u.ni/cham/jo.a.yo

運氣真好！

☞ 정말 다행입니다.

jo*ng.mal/da.he*ng.im.ni.da

真是萬幸！

• 失望

실망이에요.

sil.mang.i.e.yo

我很失望。

會 話

Ⓐ 왜 내 생일 파티에 오지 않았어? 진짜 실망이야.

we*/ne*/se*ng.il/pa.ti.e/o.ji/a.na.sso*//jin.jja/sil.mang.i.ya

為什麼沒來我的生日宴會？我很失望。

Ⓑ 정말 미안해. 선물을 사 줄게.

jo*ng.mal/mi.an.he*//so*n.mu.reul/ssa/jul.ge

很抱歉，我買禮物給你。

相 關

☞ 굉장히 실망 했어요.

gweng.jang.hi/sil.mang/he*.sso*.yo

大失所望。

☞ 나를 실망시키지 마.

na.reul/ssil.mang.si.ki.ji/ma

別讓我失望！

☞ 재수 없어!

jc*.su/o*p.sso*

真倒楣！

• 關心他人健康

몸은 괜찮으세요?

mo.meun/gwe*n.cha.neu.se.yo

您身體還好嗎?

會 話

Ⓐ 안녕하십니까? 요즘 몸은 괜찮으세요?

an.nyo*ng.ha.sim.ni.ga//yo.jeum/mo.meun/gwe*n.
cha.neu.se.yo

您好嗎?您最近身體還好嗎?

Ⓑ 네, 덕분에 많이 나아졌어요. 고마워요.

ne,/do*k.bu.ne/ma.ni/na.a.jo*.sso*.yo//go.ma.wo.yo

託您的福,好很多了,謝謝。

相 關

☞ 느낌이 어떠세요?

neu.gi.mi/o*.do*.se.yo

感覺如何?

☞ 많이 나아졌어요?

ma.ni/na.a.jo*.sso*.yo

好些了嗎?

☞ 부모님께서는 건강하시죠?

bu.mo.nim.ge.so*.neun/go*n.gang.ha.si.jyo

您父母還健康吧?

• 驚嚇

깜짝 놀랐어요.

gam.jjak/nol.la.sso*.yo

嚇了我一跳!

會 話

Ⓐ 왜 갑자기 나타났어? 깜짝 놀랐잖아.

we*/gap.jja.gi/na.ta.na.sso*//gam.jjak/nol.lat.jja.na

你怎麼突然出現?嚇我一跳!

Ⓑ 난 아까부터 계속 여기 있었어.

nan/a.ga.bu.to*/gye.sok/yo*.gi/i.sso*.sso*

我從剛才就一直在這裡了耶!

相 關

☞ 놀랐잖아!

nol.le*t.jja.na

你嚇了我一跳!

☞ 간 떨어지겠어요.

gan/do*.ro*.ji.ge.sso*.yo

嚇死我了。

• 感到奇怪

이상해요.

i.sang.he*.yo

很奇怪。

會 話

Ⓐ 이건 너무 이상해요.

i.go*n/no*.mu/i.sang.he*.yo

這太奇怪了。

Ⓑ 뭐가?

mwo.ga

什麼奇怪？

Ⓐ 내 노트가 왜 여기 있지?

ne*/no.teu.ga/we*/yo*.gi/it.jji

我的筆記本怎麼會在這裡？

相 關

☞ 이건 왜 이래요?

i.go*n/we*/i.re*.yo

這是怎麼回事？

☞ 이건 도대체 무슨 일이에요?

i.go*n/do.de*.che/mu.seun/i.ri.e.yo

這到底怎麼回事？

• 制止他人

그만해!
geu.man.he*
夠了!

會 話

Ⓐ 제발 그만해! 너희들 좀 냉정해질 수 없겠니?
je.bal/geu.man.he*//no*.hi.deul/jjom/ne*ng.jo*ng.he*.jil/su/o*p.gen.ni
夠了!你們就不能冷靜一點嗎?

Ⓑ 죄송합니다.
jwe.song.ham.ni.da
對不起。

相 關

☞ 헛소리 그만해!
ho*t.sso.ri/geu.man.he*
別廢話!

☞ 그만 떠들어라.
geu.man/do*.deu.ro*.ra
別吵了!

☞ 이제 그만 하세요.
i.je/geu.man/ha.se.yo
住手吧!

• 不可置信

믿어지지 않아요.

mi.do*.ji.ji/a.na.yo

不敢相信！

會 話

Ⓐ 사실은 나 임신했어요.

sa.si.reun/na/im.sin.he*.sso*.yo

老實說，我懷孕了。

Ⓑ 믿어지지가 않아. 이건 사실이 아니겠지?

mi.do*.ji.ji.ga/a.na//i.go*n/sa.si.ri/a.ni.get.jji

不敢相信！這不是真的吧？

相 關

☞ 진짜 못 믿겠어요!

jin.jja/mot/mit.ge.sso*.yo

簡直難以置信！

☞ 이건 불가능한 일이에요.

i.go*n/bul.ga.neung.han/i.ri.e.yo

這是不可能的事。

☞ 뭐요! 뭐라고요?

mwo.yo//mwo.ra.go.yo

什麼！你說什麼？

• track 115

• 爭吵

진짜 너무하다.

jin.jja/no*.mu.ha.da

你太過分了!

會 話

Ⓐ 왜 자꾸 바보 같은 짓을 해? 제정신이
야?

we*/ja.gu/ba.bo/ga.teun/ji.seul/he*//je.jo*ng.si.ni.
ya

你怎麼一直做傻事?你瘋了嗎?

Ⓑ 넌 진짜 너무하다. 더 이상 너를 보고
싶지 않아. 꺼져!

no*n/jin.jja/no*.mu.ha.da//do*/i.sang/no*.reul/bo.
go/sip.jji/a.na//kko*.jo*

你太過分了,再也不想看到你,滾!

相 關

☞ 너 죽을래?
no*/ju.geul.le*
你找死啊?

☞ 두고 보자.
du.go/bo.ja
走著瞧!

• 詢問外語能力

한국어를 할 줄 아세요?

han.gu.go*.reul/hal/jjul/a.se.yo

你會説韓語？

會 話

Ⓐ 한국어를 할 줄 아세요?

han.gu.go*.reul/hal/jjul/a.se.yo

你會説韓語？

Ⓑ 아니요, 할 줄 모릅니다.

a.ni.yo//hal/jjul/mo.reum.ni.da

不，我不會。

相 關

☞ 예, 조금 알아요.

ye,/jo.geum/a.ra.yo

會一點。

☞ 영어를 할 수 있어요.

yo*ng.o*.reul/hal/ssu/i.sso*.yo

我會講英文。

☞ 어떤 외국이를 하시나요?

o*.do*n/we.gu.go*.reul/ha.si.na.yo

你會什麼語言嗎？

• 請他人離開

나가!

na.ga

出去!

會 話

Ⓐ 내 말 안 들려? 빨리 나가!

ne*/mal/an/deul.lyo*//bal.li/na.ga

沒聽見我講得嗎?快出去!

Ⓑ 알았다니까. 왜 화를 내?

a.rat.da.ni.ga//we*/hwa.reul/ne*

知道了啦!生什麼氣!

相 關

☞ 꺼져 버려!

go*.jo*/bo*.ryo*

滾開!

☞ 볼일 없으면 좀 나가 주시죠!

bo.ril/o*p.sseu.myo*n/jom/na.ga/ju.si.jyo

沒事的話,請你離開!

☞ 좀 비켜 줄래?

jom/bi.kyo*/jul.le*

可以讓開嗎?

• 好笑

웃겨요.

ut.gyo*.yo

真好笑。

會 話

Ⓐ 이 영화 봤어요? 완전 웃겨요.

i/yo*ng.hwa/bwa.sso*.yo//wan.jo*n/ut.gyo*.yo

這部電影你看過了嗎？超好笑的。

Ⓑ 진짜? 나도 한 번 봐야겠어.

jin.jja//na.do/han/bo*n/bwa.ya.ge.sso*

真的嗎？那我也來看看。

相 關

☞ 웃기지 마.

ut.gi.ji/ma

別搞笑。

☞ 내가 그렇게 우습게 보여?

ne*.ga/geu.ro*.ke/u.seup.ge/bo.yo*

我就那麼可笑嗎？

● 厭倦

정말 지겨워요.

jo*ng.mal/jji.gyo*.wo.yo

真厭倦。

會 話

A 이제 네 거짓말은 정말 지겨워.

i.je/ne/go*.jin.ma.reun/jo*ng.mal/jji.gyo*.wo

我現在已經受夠你的謊言了。

B 거짓말이 아니라니까요. 믿어 주세요.

go*.jin.ma.ri/a.ni.ra.ni.ga.yo//mi.do*/ju.se.yo

就説不是謊話嘛！相信我。

相 關

☞ 지긋지긋해요!

ji.geut.jji.geu.te*.yo

真煩！

☞ 귀찮아.

gwi.cha.na

麻煩！

☞ 싫증나!

sil.cheung.na

討厭！

•好心情

기분이 좋아요.

gi.bu.ni/jo.a.yo

心情好。

(會 話)

A 오늘은 기분이 참 좋아요.

o.neu.reun/gi.bu.ni/cham/jo.a.yo

今天心情真好。

B 무슨 좋은 일이라도 있어요?

mu.seun/jo.eun/i.ri.ra.do/i.sso*.yo

有什麼好事情嗎？

A 남자친구가 저에게 프로포즈했어요.

nam.ja.chin.gu.ga/jo*.e.ge/peu.ro.po.jeu.he*.sso*.yo

男朋友向我求婚了。

(相 關)

☞ 신나요.

sin.na.yo

興奮。

☞ 와, 짱이다.

wa,/jjang.i.da

哇，太棒了！

• 幸福

행복해요.

he*ng.bo.ke*.yo

很幸福。

會 話

A 요즘 정말 행복해요!

yo.jeum/jo*ng.mal/he*ng.bo.ke*.yo

最近真幸福！

B 네 남편이 잘해 주지?

ne/nam.pyo*.ni/jal.he*/ju.ji

你老公對你很好吧？

A 네, 매일 꽃다발을 들고 집에 들어와요.

ne//me*.il/got.da.ba.reul/deul.go/ji.be/deu.ro*.wa.

yo

嗯，每天都帶花回家。

相 關

☞ 꼭 행복하세요.

gok/he*ng.bo.ka.se.yo

一定要幸福喔！

☞ 늘 행복하기를 바랍니다.

neul/he*ng.bo.ka.gi.reul/ba.ram.ni.da

祝你永遠幸福！

• 無聊、沒意思

심심해요.

sim.sim.he*.yo

無聊。

會 話

A 너무 심심해요. 뭐 재미있는 일 없어요?

no*.mu/sim.sim.he*.yo//mwo/je*.mi.in.neun/il/o*p.sso*.yo

好無聊喔！沒有什麼有趣的事嗎？

B 할일 없으면 공부 좀 해요.

ha.ril/o*p.sseu.myo*n/gong.bu/jom/he*.yo

沒事的話，讀點書吧！

相 關

☞ 따분해요.

da.bun.he*.yo

沒意思。

☞ 재미없어요.

je*.mi.o*p.sso*.yo

不好玩。

☞ 지루해 죽겠어요.

ji.ru.he*/juk.ge.sso*.yo

閒得發慌。

•煩躁、抓狂

정말 미치겠어요.

jo*ng.mal/mi.chi.gc.sso*.yo.

快瘋了！

會話

Ⓐ 정말 미치겠어.

jo*ng.mal/mi.chi.ge.sso*

我要瘋了。

Ⓑ 또 왜 그래?

do/we*/geu.re*

又怎麼了？

Ⓐ 나 또 바람 맞았어.

na/do/ba.ram/ma.ja.sso*

我又被放鴿子了。

相關

☞ 너 미친거 아니야?

no*/mi.chin.go*/a.ni.ya

你瘋了嗎？

☞ 제정신이니?

je.jo*ng.si.ni.ni

你瘋了嗎？

•生氣、心煩

기가 막혀요.

gi.ga/ma.kyo*.yo

氣死了。

會 話

Ⓐ 그 사람을 생각하면 진짜 기가 막혀.

geu/sa.ra.meul/sse*ng.ga.ka.myo*n/jin.jja/gi.ga/ma.kyo*

一想到他，就火大。

Ⓑ 술 한 잔 드시고 화를 좀 푸세요.

sul/han/jan/deu.si.go/hwa.reul/jjom/pu.se.yo

喝杯酒，消消氣吧！

相 關

☞ 삐쳤어？

bi.cho*.sso*

你生氣囉？

☞ 짜증나 죽겠어요.

jja.jeung.na/juk.ge.sso*.yo

煩死了！

☞ 지겹다, 지겨워.

ji.gyo*p.da//ji.gyo*.wo

煩死了！

• 邀請他人一同前往

갈이 갈래요?

ga.chi/gal.le*.yo

要一起去嗎？

會 話

Ⓐ 영화관에 같이 갈래요?

yo*ng.hwa.gwa.ne/ga.chi/gal.le*.yo

要一起去看電影嗎？

Ⓑ 좋아요.

jo.a.yo

好啊！

相 關

☞ 같이 갑시다.

ga.chi/gap.ssi.da

一起去吧！

☞ 같이 갈까요?

ga.chi/gal.ga.yo

要一起去嗎？

☞ 같이 갈 겁니까?

ga.chi/gal/go*m.ni.ga

要一起去嗎？

• 弄懂、釐清

그렇군요.
geu.ro*.ku.nyo
原來如此!

會 話

Ⓐ 미안해요. 아까 길에서 친구를 만나서
좀 늦었어요.
mi.an.he*.yo//a.ga/gi.re.so*/chin.gu.reul/man.na.
so*/jom/neu.jo*.sso*.yo.
抱歉,剛在路上遇到朋友,所以有點晚。

Ⓑ 그렇군요.
geu.ro*.ku.nyo
原來如此!

相 關

☞ 예, 알겠습니다.
ye,/al.get.sseum.ni.da
我明白了。

☞ 그렇구나.
geu.ro*.ku.na
原來如此!

• 快樂、興奮

이건 꿈이 아니죠?

i.go*n/gu.mi/a.ni.jyo

這不是做夢吧?

(會 話)

A 이건 꿈이 아니죠? 제 연구는 드디어 성공했어요.

i.go*n/gu.mi/a.ni.jyo//je/yo*n.gu.neun/deu.di.o*/so*ng.gong.he*.sso*.yo

這不是做夢吧?我的研究終於成功了。

B 정말 축하 드려요.

jo*ng.mal/chu.ka/deu.ryo*.yo

真的恭喜你了。

(相 關)

☞ 너무 기뻐서 말이 안 나와요.

no*.mu/gi.bo*.so*/ma.ri/an/na.wa.yo

高興得講不出話來。

☞ 정말 좋은 소식이네요.

jo*ng.mal/jjo.eun/so.si.gi.ne.yo

真是個好消息呢!

•不是特別好、一般

그냥 그래요.

geu.nyang/geu.re*.yo

還好。

(會 話)

Ⓐ 이 맛이 어때요?

i/ma.si/o*.de*.yo

這味道怎麼樣?

Ⓑ 그냥 그래요.

geu.nyang/geu.re*.yo

還好(普通)。

(相 關)

☞ 그저 그래요.

geu.jo*/geu.re*.yo

還好。

☞ 별로예요.

byo*l.lo.ye.yo

不怎麼樣(一般)。

• 請人稍等

잠시만 기다려 주세요.

jam.si.man/gi.da.ryo*/ju.se.yo

請稍等。

會 話

A 손님, 잠시만 기다려 주세요. 음식 바로 가져다 드릴게요.

son.nim//jam.si.man/gi.da.ryo*/ju.se.yo//eum.sik/ba.ro/ga.jo*.da/deu.ril.ge.yo

先生（小姐），請稍等。菜馬上為您送上。

B 네.

ne

好的。

相 關

☞ 오래 기다리시게 해서 죄송해요.

o.re*/gi.da.ri.si.ge/he*.so*/jwe.song.he*.yo

抱歉讓您久等了。

☞ 좀 기다려 주세요.

jom/gi.da.ryo*/ju.se.yo

請稍等。

☞ 잠깐만요.

jam.gan.ma.nyo

等一下。

• 吃飯前

잘 먹겠습니다.

jal/mo*k.get.sseum.ni.da

我開動了。

會 話

Ⓐ 식기 전에 빨리 드세요.

sik.gi/jo*.ne/bal.li/deu.se.yo

趁熱快吃吧！

Ⓑ 네, 잘 먹겠습니다.

ne//jal/mo*k.get.sseum.ni.da

好的，那我開動了。

相 關

☞ 잘 먹을게요.

jal/mo*.geul.ge.yo

我要開動了。

☞ 잘 먹었습니다.

jal/mo*.go*t.sseum.ni.da

我吃飽了。

• track 131

• 感動

감동을 받았어요.

gam.dong.eul/ba.da.sso*.yo

很感動。

會 話

Ⓐ 이 드라마를 본 후에 많은 감동을 받았어요.

i/deu.ra.ma.reul/bon/hu.e/ma.neun/gam.dong.eul/ba.da.sso*.yo

看了這連續劇之後，很受感動。

Ⓑ 저도 계속 눈물이 나요.

jo*.do/gye.sok/nun.mu.ri/na.yo

我也是一直流眼淚。

相 關

☞ 마음이 뿌듯해요.

ma.eu.mi/bu.deu.te*.yo

很欣慰。

☞ 너무 감동적이다.

no*.mu/gam.dong.jo*.gi.da

很令人感動。

• 慢慢來

천천히 드세요.

cho*n.cho*n.hi/deu.se.yo

請慢用。

會 話

Ⓐ 뜨거우니까 천천히 드세요.

deu.go*.u.ni.ga/cho*n.cho*n.hi/deu.se.yo

很燙，請慢用。

Ⓑ 네, 고맙습니다.

ne//go.map.sseum.ni.da

好的，謝謝。

相 關

☞ 서두르지마. 천천히 해.

so*.du.reu.ji.ma//cho*n.cho*n.hi/he*

不要急，慢慢來。

☞ 천천히 말씀해 주세요.

cho*n.cho*n.hi/mal.sseum.he*/ju.se.yo

慢慢說。

☞ 천천히 골라 주세요.

cho*n.cho*n.hi/gol.la/ju.se.yo

請慢慢（盡情）挑選。

•動作開始

시작합시다.

si.ja.kap.ssi.da

開始吧！

(會 話)

Ⓐ 준비 다 됐나요?

jun.bi/da/dwe*n.na.yo

準備好了嗎？

Ⓑ 네, 준비 다 되었습니다.

ne//jun.bi/da/dwe.o*t.sseum.ni.da

是的，準備好了。

Ⓐ 그럼 이제 시작합시다.

geu.ro*m/i.je/si.ja.kap.ssi.da

那現在開始吧！

(相 關)

☞ 이제 시작 해볼까요?

i.je/si.jak/he*.bol.ga.yo

現在要開始了嗎？

☞ 바로 시작하세요.

ba.ro/si.ja.ka.se.yo

請馬上開始。

• 太好了、順利完成

잘 됐어요.

jal/dwe*.sso*.yo

太好了。

會 話

Ⓐ 이번 수술은 잘 됐어요.

i.bo*n/su.su.reun/jal/dwe*.sso*.yo

這次的手術很成功。

Ⓑ 그럼 내일 퇴원해도 되겠네요?

geu.ro*m/ne*.il/twe.won.he*.do/dwe.gen.ne.yo

那明天就可以出院囉?

Ⓐ 네. 그런데 집에 가셔서 꼭 쉬어야 됩
니다.

ne//geu.ro*n.de/ji.be/ga.syo*.so*/gok/swi.o*.ya/
dwem.ni.da

是的,不過回家一定要好好休息。

相 關

☞ 와! 정말 잘 됐네요.

wa//jo*ng.mal/jjal/dwe*n.ne.yo

哇,真的太棒了。

☞ 너무 잘 됐어요.

no*.mu/jal/dwe*.sso*.yo

太好了。

• 憂鬱、煩悶

우울해요.

u.ul.he*.yo

憂鬱。

(會 話)

Ⓐ 얼굴이 우울해 보이네요. 무슨 일 생겼
나요?

o*l.gu.ri/u.ul.he*/bo.i.ne.yo//mu.seun/il/se*ng.gyo*
n.na.yo

你看來很憂鬱呢！發生什麼事嗎？

Ⓑ 아니요, 그냥 하루종일 비가 와서 기분
이 좀 별로예요.

a.ni.yo//geu.nyang/ha.ru.jong.il/bi.ga/wa.so*/gi.bu.
ni/jom/byo*l.lo.ye.yo

沒有，只是下了一整天的雨，心情有點差。

(相 關)

☞ 시험에 떨어져서 기분이 우울해요.
si.ho*.me/do*.ro*.jo*.so*/gi.bu.ni/u.ul.he*.yo
沒考好，所以心情很憂鬱。

☞ 좀 답답해요.
jom/dap.da.pe*.yo
有點煩悶。

•結束了、完蛋了

끝났어요.

geun.na.sso*.yo

結束了。

(會 話)

A 시험이 다 끝났어요. 우리 술 한 잔 합시다.

si.ho*.mi/da/geun.na.sso*.yo//u.ri/sul/han/jan/hap.ssi.da

考試都考完了，我們一起去喝一杯吧！

B 좋죠. 잘 아는 술집이 있는데 거기로 갑시다.

jo.chyo//jal/a.neun/sul.ji.bi/in.neun.de/go*.gi.ro/gap.ssi.da

好啊！我有認識的酒吧，我們去那裡吧！

(相 關)

☞ 이제는 다 끝났어요.

i.je.neun/da/geun.na.sso*.yo

現在一切都結束了。

☞ 드디어 끝났어요.

deu.di.o*/geun.na.sso*.yo

終於結束了。

☞ 그만 하세요. 모두 끝났어요.

geu.man/ha.se.yo//mo.du/geun.na.sso*.yo

住手吧！全都結束了。

• 當然可以

물론요.

mul.lo.nyo

那當然。

會 話

Ⓐ 제 의견을 말해도 될까요?

je/ui.gyo*.neul/mal.he*.do/dwel.ga.yo

我可以講我的意見嗎？

Ⓑ 물론요. 말씀하세요.

mul.lo.nyo//mal.sseum.ha.se.yo

當然可以，請說。

相 關

☞ 그럼요.

geu.ro*.myo

那當然。

☞ 당근이지.

dang.geu.ni.ji

那當然。.

☞ 당연하지요.

dang.yo*n.ha.ji.yo

那當然。

•隨便、放任

마음대로 하세요.

ma.eum.de*.ro/ha.se.yo

請便。

會 話

Ⓐ 엄마, 저 대학교에 입학하지 않아도 되죠?

o*m.ma//jo*/de*.hak.gyo.e/i.pa.ka.ji/a.na.do/dwe.jyo

媽，我可以不讀大學吧？

Ⓑ 마음대로 해.

ma.eum.de*.ro/he*

隨便你。

相 關

☞ 누구 마음대로?

nu.gu/ma.eum.de*.ro

誰決定的？

☞ 마음대로 하십시오.

ma.cum.de*.ro/ha.sip.ssi.o

請便。

☞ 마음대로 되지 않네요.

ma.eum.de*.ro/dwe.ji/an.ne.yo

真不順心。

• 喝酒、乾杯

건배!

go*n.be*

乾杯！

會 話

Ⓐ 자, 자, 건배하자. 우리의 인생을 위하여!

Ja//ja//go*n.be*.ha.ja//u.ri.ui/in.se*ng.eul/wi.ha.yo*

來來，一起乾杯！為了我們的人生！

Ⓑ 위하여!

wi.ha.yo*

為了我們的人生！

相 關

☞ 다 같이 원샷하자!

da/ga.chi/won.sya.ta.ja

大家一起乾杯！

☞ 친구야, 술 한잔 하자.

chin.gu.ya//sul/han.jan/ha.ja

朋友啊，來喝一杯。

• track 140

•對意外的事感到驚訝

세상에!
se.sang.e
天啊！

(會 話)

A 세상에, 이게 다 뭐야?
se.sang.e//i.ge/da/mwo.ya
天啊！這都是些什麼啊？

B 왜 그래?
we*/geu.re*
怎麼了？

(相 關)

☞세상에, 이게 무슨 일이냐?
se.sang.e//i.ge/mu.seun/i.ri.nya
天啊！這是什麼事啊？

☞세상에, 이렇게 좋은 사람을 어디서 찾니?
se.sang.e//i.ro*.ke/jo.eun/sa.ra.meul/o*.di.so*/chan.ni
天哪！這麼好的人上哪找啊？

☞세상에, 이럴 수가!
se.sang.e//i.ro*l/su.ga
天哪！怎麼會這樣！

Chapter 2

各種情境短句

1. 問候

☑안녕하세요.

an.nyo*ng.ha.se.yo

您好。

☑좋은 아침입니다.

jo.eun/a.chi.mim.ni.da

早安。

☑오래간만입니다.

o.re*.gan.ma.nim.ni.da

好久不見。

☑어떻게 지내세요?

o*.do*.ke/ji.ne*.se.yo

您過得好嗎?

☑잘 지냈어요?

jal/jji.ne*.sso*.yo

過得好嗎?

☑그동안 별일 없으셨죠?

geu.dong.an/byo*.ril/o*p.sseu.syo*t.jjyo

這段時間裡沒什麼事吧?

☑어제는 잘 쉬셨습니까?

o*.je.neun/jal/sswi.syo*t.sseum.ni.ga

昨天有好好休息嗎?

☑병은 좀 나아졌습니까?

byo*ng.eun/jom/na.a.jo*t.sseum.ni.ga

病好些了嗎?

☑몸 조심하십시오!

mom/jo.sim.ha.sip.ssi.o

請多保重!

☑오늘 날씨가 참 좋지요?

o.neul/nal.ssi.ga/cham/jo.chi.yo

今天天氣很不錯吧?

☑부모님은 모두 안녕하십니까?

bu.mo.ni.meun/mo.du/an.nyo*ng.ha.sim.ni.ga

您的父母都還好嗎?

☑그분께 안부 전해 주십시오.

geu.bun.ge/an.bu/jo*n.he*/ju.sip.ssi.o

請代我向他問好。

2. 回應問候

☑네./예.
ne/ye
是的。

☑아니요.
a.ni.yo
不是。

☑예. 접니다.
ye//jo*m.ni.da
是的,是我。

☑그렇습니다.
geu.ro*.sseum.ni.da
是的。

☑여전해요.
yo*.jo*n.he*.yo
還是老樣子。

☑괜찮습니다.
gwe*n.chan.sseum.ni.da
沒關係。

☑안녕히 주무세요.
an.nyo*ng.hi/ju.mu.se.yo
晚安。

☑잘 자요.
jal/jja.yo
晚安。

☑네, 반갑습니다.
ne//ban.gap.sseum.ni.da
是的，很高興見到你。

☑네, 잘 지냅니다.
ne//jal/jji.ne*m.ni.da
是的，過得很好。

☑덕분에 잘 지내고 있습니다.
do*k.bu.ne/jal/jji.ne*.go/it.sseum.ni.da
託你的福，我過得很好。

☑네, 그럼 내일 뵙겠습니다.
ne//geu.ro*m/ne*.il/bwep.get.sseum.ni.da
好的，那明天見。

3. 問路

☑실례합니다.

sil.lye.ham.ni.da

打擾一下。

☑전 길을 잃었습니다.

jo*n/gi.reul/i.ro*t.sseum.ni.da

我迷路了。

☑이 부근에 지하철역이 어디 있는
지 아세요?

i/bu.geu.ne/ji.ha.cho*.ryo*.gi/o*.di/in.neun.ji/a.se.yo

你知道這附近的地鐵站在哪裡嗎？

☑서울대에 어떻게 가는지 알려 주
십시오.

so*.ul.de*.e/o*.do*.ke/ga.neun.ji/al.lyo*/ju.sip.ssi.o

請告訴我怎麼去首爾大學。

☑이렇게 가면 남산공원이 나오나
요?

i.ro*.ke/ga.myo*n/nam.san.gong.wo.ni/na.o.na.yo

去南山公園這麼走對嗎？

☑이 지도에서 제가 있는 위치는 어딥니까?

i/ji.do.e.so*/je.ga/in.neun/wi.chi.neun/o*.dim.ni.ga

我在這張地圖的哪個位置？

☑이 방향이 맞습니까?

i/bang.hyang.i/mat.sseum.ni.ga

是這個方向嗎？

☑죄송하지만 남대문시장은 어떻게 갑니까?

jwe.song.ha.ji.man/nam.de*.mun.si.jang.eun/o*.do*.ke/gam.ni.ga

對不起，請問南大門市場怎麼走？

☑멉니까? 버스를 타야 합니까?

mo*m.ni.ga//bo*.seu.reul/ta.ya/ham.ni.ga

很遠嗎？要搭公車嗎？

☑명동에 가려면 어떻게 가야 합니까?

myo*ng.dong.e/ga.ryo*.myo*n/o*.do*.ke/ga.ya/ham.ni.ga

怎麼去明洞？

☑서울타워로 가는 길을 가르쳐 주
시겠습니까?

so*.ul.ta.wo.ro/ga.neun/gi.reul/ga.reu.cho*/ju.si.get.
sseum.ni.ga

可以告訴我去首爾塔的路嗎？

☑걸어서 갈 수 있습니까?

go*.ro*.so*/gal/ssu/it.sseum.ni.ga

可以走路去嗎？

☑이 곳이 어디입니까?

i/go.si/o*.di.im.ni.ga

這裡是哪裡？

☑동대문으로 가는 버스가 몇 번입
니까?

dong.de*.mu.neu.ro/ga.neun/bo*.seu.ga/myo*t/bo*.
nim.ni.ga

往東大門的公車是幾號？

☑오른쪽으로 갑니까?

o.reun.jjo.geu.ro/gam.ni.ga

往右走嗎？

☑좌측으로 돕니까?

jwa.cheu.geu.ro/dom.ni.ga

往左轉嗎？

☑그 곳까지 얼마나 걸리죠?

geu/got.ga.ji/o*l.ma.na/go*l.li.jyo

到哪裡多遠?

☑여기서 몇 분쯤 걸리나요?

yo*.gi.so*/myo*t/bun.jjeum/go*l.li.na.yo

從這裡要花幾分鐘?

☑동대문이 어디에 있나요?

dong.de*.mu.ni/o*.di.e/in.na.yo

請問東大門在哪裡呢?

☑시청까지 가야 되는데 여기서 멀
어요?

si.cho*ng.ga.ji/ga.ya/dwe.neun.de/yo*.gi.so*/mo*.
ro*.yo

我要去市政府,離這裡很遠嗎?

☑광화문까지 뭘 타고 가야 되죠?

gwang.hwa.mun.ga.ji/mwol/ta.go/ga.ya/dwe.jyo

到光化門要搭什麼去呢?

☑어떻게 가야 됩니까?

o*.do*.ke/ga.ya/dwem.ni.ga

該怎麼去呢?

☑999번 버스를 어디에서 타야 합니까?

gu.be*k.gu.sip.gu.bo*n/bo*.seu.reul/o*.di.e.so*/ta.ya/ham.ni.ga

999 號公車要在哪裡搭呢？

4. 回答問路

☑바로 앞이에요.

ba.ro/a.pi.e.yo

就在前面。

☑한 15분쯤 걸려요.

han/si.bo.bun.jjeum/go*l.lyo*.yo

大概要花 15 分鐘。

☑멀지 않아요. 아주 가까워요.

mo*l.ji/a.na.yo//a.ju/ga.ga.wo.yo

不遠，很近。

☑좀 멀어요. 버스를 타는게 좋을 것 같아요.

jom/mo*.ro*.yo//bo*.seu.reul/ta.neun.ge/jo.eul/go*t/ga.ta.yo

有點遠，搭公車比較好。

☑죄송해요. 전 여기에 살지 않아서 잘 모릅니다.

jwe.song.he*.yo//jo*n/yo*.gi.e/sal.jji/a.na.so*/jal/mo.reum.ni.da

對不起，我不住在這，所以不太清楚。

☑오른쪽으로 가셔서 오십미터 가
량 가면 됩니다.

o.reun.jjo.geu.ro/ga.syo*.so*/o.sim.mi.to*/ga.ryang/
ga.myo*n/dwem.ni.da

向左轉，再走五十公尺就到了。

☑골목에서 왼쪽으로 도세요.

gol.mo.ge.so*/wen.jjo.geu.ro/do.se.yo

請在巷子內左轉。

☑이 길을 따라 쭉 가십시오.

i/gi.reul/da.ra/jjuk/ga.sip.ssi.o

請沿著這條路一直走。

☑삼거리가 나오면 오른쪽으로 가
세요.

sam.go*.ri.ga/na.o.myo*n/o.reun.jjo.geu.ro/ga.se.yo

請在三叉路口右轉。

☑이 길을 건너 가세요.

i/gi.reul/go*n.no*/ga.se.yo

請過這條馬路。

☑10분쯤 걸립니다.

sip.bun.jjeum/go*l.lim.ni.da

要花十分鐘左右。

☑서점은 바로 맞은편에 있습니다.
so*.jo*.meun/ba.ro/ma.jeun.pyo*.ne/it.sseum.ni.da
書店就在對面。

☑경찰에게 물어보십시오.
gyo*ng.cha.re.ge/mu.ro*.bo.sip.ssi.o
您可以問警察。

5. 打電話

☑여보세요, 화장품회사입니까?

yo*.bo.se.yo//hwa.jang.pum.hwe.sa.im.ni.ga

喂，是化妝品公司嗎？

☑차선생님 계세요?

cha.so*n.se*ng.nim/gye.se.yo

車先生在嗎？

☑여보세요, 김선생님 댁이지요?

yo*.bo.se.yo/gim.so*n.se*ng.nim/de*.gi.ji.yo

喂，是金老師的家嗎？

☑미안하지만 김선생님 좀 바꿔 주세요.

mi.an.ha.ji.man/gim.so*n.se*ng.nim/jom/ba.gwo/ju.se.yo

不好意思，麻煩請金老師聽電話。

☑메시지를 남기고 싶습니다.

me.si.ji.reul/nam.gi.go/sip.sseum.ni.da

我想留言。

☑그는 언제 돌아옵니까?

geu.neun/o*n.je/do.ra.om.ni.ga

他什麼時候回來？

☑여보세요, 김나영씨 집에 있습니까?

yo*.bo.se.yo//gim.na.yo*ng.ssi/ji.be/it.sseum.ni.ga

喂,請問金娜英在家嗎?

☑안녕하세요. 김사장님 부탁드립니다.

an.nyo*ng.ha.se.yo//gim.sa.jang.nim/bu.tak.deu.rim.ni.da

您好,我想找金社長。

☑부장님의 전화번호가 어떻게 됩니까?

bu.jang.ni.mui/jo*n.hwa.bo*n.ho.ga/o*.do*.ke/dwem.ni.ga

部長的電話號碼多少?

☑국제전화를 걸고 싶습니다.

guk.jje.jo*n.hwa.reul/go*l.go/sip.sseum.ni.da

我想打國際電話。

☑거기 2956-7431 아니에요?

go*.gi/i.gu.o.yu.ge.chil.sa.sa.mil/a.ni.e.yo

那裡是 2956-7431 嗎?

☑김 선생님 계시면 좀 바꿔 주세요.

gim/so*n.se*ng.nim/gye.si.myo*n/jom/ba.gwo/ju.se.yo

金先生在家的話，請他聽電話。

☑이따가 다시 전화 하겠습니다.

i.da.ga/da.si/jo*n.hwa/ha.get.sseum.ni.da

待會我再打電話。

☑한 선생님이세요? 저 이준수입니다.

han/so*n.se*ng.ni.mi.se.yo//jo*/i.jun.su.im.ni.da

請問是韓先生嗎？我是李俊秀。

☑미연씨랑 통화하고 싶은데 좀 바꿔 주시겠습니까?

mi.yo*n.ssi.rang/tong.hwa.ha.go/si.peun.de/jom/ba.gwo/ju.si.get.sseum.ni.ga

我想和美妍小姐通電話，可以幫我轉接嗎？

☑죄송한데요, 잘 안 들려요. 좀 크게 말씀해 주세요.

jwe.song.han.de.yo//jal/an/deul.lyo*.yo//jom/keu.ge/mal.sseum.he*/ju.se.yo

抱歉，我聽不太清楚，請您講大聲一點。

☑저 비서실 이수영인데 부장님 좀
부탁합니다.

jo*/bi.so*.sil/i.su.yo*ng.in.de/bu.jang.nim/jom/bu.
ta.kam.ni.da

我是秘書室的李秀英,麻煩請部長聽電話。

6. 接電話

☑여보세요?

yo*.bo.se.yo

喂？

☑실례하지만 누구십니까?

sil.lye.ha.ji.man/nu.gu.sim.ni.ga

不好意思，請問您是哪位？

☑잘못 거셨습니다.

jal.mot/go*.syo*t.sseum.ni.da

你打錯了。

☑네, 그런데요.

ne//geu.ro*n.de.yo

是的，我就是。

☑네, 그렇습니다. 누구신지요?

ne//geu.ro*.sseum.ni.da//nu.gu.sin.ji.yo

是的，您是哪位？

☑전데요, 실례지만 누구세요?

jo*n.de.yo//sil.lye.ji.man/nu.gu.se.yo

就是我，請問哪位？

☑몇 번 거셨어요?

myo*t/bo*n/go*.syo*.sso*.yo

你撥幾號？

☑전화해 주셔서 감사합니다.

jo*n.hwa.he*/ju.syo*.so*/gam.sa.ham.ni.da

謝謝你打電話給我。

☑미안하지만 지금 통화중입니다.

mi.an.ha.ji.man/ji.geum/tong.hwa.jung.im.ni.da

抱歉，現在正占線中。

☑안녕하세요. 삼성전자입니다.

an.nyo*ng.ha.se.yo//sam.so*ng.jo*n.ja.im.ni.da

您好，這裡是三星電子。

☑잠시만요, 전화 바꿔드리겠습니다.

jam.si.ma.nyo//jo*n.hwa/ba.gwo.deu.ri.get.sseum.ni.da

請稍等，馬上幫您轉接。

☑죄송합니다, 이교수님 지금 자리
에 안 계십니다.

jwe.song.ham.ni.da//i.gyo.su.nim/ji.geum/ja.ri.e/an/
gye.sim.ni.da

很抱歉，李教授現在不在位子上。

☑죄송합니다. 차대리님이 방금 나
가셨습니다.

jwe.song.ham.ni.da//cha.de*.ri.ni.mi/bang.geum/na.
ga.syo*t.sseum.ni.da

很抱歉，車代理剛才出去了。

☑지금 안 계십니다.

ji.geum/an/gye.sim.ni.da

他現在不在。

☑지금 자리를 비우셨는데요.

ji.geum/ja.ri.reul/bi.u.syo*n.neun.de.yo

他現在不在位子上。

☑그 분은 지금 자리에 안 계십니
다.

geu/bu.neun/ji.geum/ja.ri.e/an/gye.sim.ni.da

他現在不在位子上。

7. 詢問時間日期

☑지금 몇시예요?

ji.geum/myo*t.ssi.ye.yo

現在幾點？

☑오늘은 몇 월 며칠입니까?

o.neu.reun/myo*t/wol/myo*.chi.rim.ni.ga

今天是幾月幾號？

☑오늘은 무슨 요일입니까?

o.neu.reun/mu.seun/yo.i.rim.ni.ga

今天星期幾？

☑오늘은 며칠이에요?

o.neu.reun/myo*.chi.ri.e.yo

今天幾號？

☑지금은 몇 월이에요?

ji.geu.meun/myo*t/wo.ri.e.yo

現在幾月？

8. 回答時間日期

☑오후 2시입니다.

o.hu/du.si.im.ni.da

現在下午 2 點。

☑지금 밤 10시예요.

ji.geum/bam/yo*l.si.ye.yo

現在晚上 10 點。

☑오늘은 화요일입니다.

o.neu.reun/hwa.yo.i.rim.ni.da

今天星期二。

☑오늘은 9월4일입니다.

o.neu.reun/gu.wol.sa.i.rim.ni.da

今天 9 月 4 號。

☑지금 새벽 5시예요.

ji.geum/se*.byo*k/da.so*t.ssi.ye.yo

現在清晨 5 點。

☑내일은 일요일이에요.

ne*.i.reun/i.ryo.i.ri.e.yo

明天星期日。

9. 談興趣

☑당신의 취미는 무엇입니까?

dang.si.nui/chwi.mi.neun/mu.o*.sim.ni.ga

你的興趣是什麼？

☑무엇을 좋아해요?

mu.o*.seul/jjo.a.he*.yo

你喜歡什麼？

☑취미가 뭐예요?

chwi.mi.ga/mwo.ye.yo

興趣是什麼？

☑게임에 관심이 있으세요?

ge.i.me/gwan.si.mi/i.sseu.se.yo

你對遊戲有興趣嗎？

☑혹시 영화를 좋아하세요?

hok.ssi/yo*ng.hwa.reul/jjo.a.ha.se.yo

你喜歡看電影嗎？

☑당신의 취미활동은 뭡니까?

dang.si.nui/chwi.mi.hwal.dong.eun/mwom.ni.ga

你的興趣是什麼？

10. 回答興趣

☑제 취미는 수영입니다.

je/chwi.mi.neun/su.yo*ng.im.ni.da

我的興趣是游泳。

☑난 테니스를 좋아해.

nan/te.ni.seu.reul/jjo.a.he*

我喜歡打網球。

☑전 디자인에 관심이 있습니다.

jo*n/di.ja.i.ne/gwan.si.mi/it.sseum.ni.da

我對設計有興趣。

☑글쓰기는 제 취미예요.

geul.sseu.gi.neun/je/chwi.mi.ye.yo

寫作是我的興趣。

☑제 취미는 노래 듣기예요.

je/chwi.mi.neun/no.re*/deut.gi.ye.yo

我的興趣是聽歌。

☑저는 특별한 취미 없습니다.

jo*.neun/teuk.byo*l.han/chwi.mi/o*p.sseum.ni.da

我沒有什麼特別的興趣。

11. 道歉與原諒

☑죄송합니다.

jwe.song.ham.ni.da

對不起。

☑미안해요.

mi.an.he*.yo

對不起。

☑실례하겠습니다.

sil.lye.ha.get.sseum.ni.da

我先離開了。

☑좀 양해해 주십시오.

jom/yang.he*.he*/ju.sip.ssi.o

請原諒我。

☑오래 기다리시게 해서 죄송합니다.

o.re*/gi.da.ri.si.ge/he*.so*/jwe.song.ham.ni.da

對不起，讓你久等了。

☑한국어를 잘 못합니다. 양해해 주세요.

han.gu.go*.reul/jjal/mo.tam.ni.da//yang.he*.he*/ju.se.yo

我不太會講韓文，請見諒。

☑정말 미안합니다. 많이 늦었죠?

jo*ng.mal/mi.an.ham.ni.da//ma.ni/neu.jo*t.jjyo

真的很抱歉，我來晚了。

☑자꾸 귀찮게 해서 정말 죄송합니다.

ja.gu/gwi.chan.ke/he*.so*/jo*ng.mal/jjwe.song.ham.ni.da

很抱歉經常麻煩您。

☑다 제 탓입니다.

da/je/ta.sim.ni.da

都是我的錯。

☑용서해 주세요.

yong.so*.he*/ju.se.yo

請原諒我。

☑제가 잘못했어요.

je.ga/jal.mo.te*.sso*.yo

我做錯了。

☑제가 또 실수를 했습니다.

je.ga/do/sil.su.reul/he*t.sseum.ni.da

我又做錯了。

☑면목 없습니다.

myo*n.mok/o*p.sseum.ni.da

我沒臉見你。

☑한 번만 봐주세요.

han/bo*n.man/bwa.ju.se.yo

請通融一下。

☑어제는 미안했어.

o*.je.neun/mi.an.he*.sso*

昨天很抱歉。

☑사과할게요.

sa.gwa.hal.ge.yo

我向你道歉。

☑미안해서 어쩌죠.

mi.an.he*.so*/o*.jjo*.jyo

對不起你，怎麼辦？

☑화 푸세요.

hwa/pu.se.yo

請消氣。

☑정말 나쁜 뜻은 없어요. 용서해
주세요.

jo*ng.mal/na.beun/deu.seun/o*p.sso*.yo//yong.so*.
he*/ju.se.yo

真的沒有不好的意思,請原諒我。

☑다음부터는 이런 일 절대 없습니
다.

da.eum.bu.to*.neun/i.ro*n/il/jo*l.de*/o*p.sseum.ni.da

下次絕對不會再有這種事。

☑미리 사과를 드렸어야 했는데.

mi.ri/sa.gwa.reul/deu.ryo*.sso*.ya/he*n.neun.de

我應該早些向你道歉的。

☑본의가 아니었어요.

bo.nui.ga/a.ni.o*.sso*.yo

那不是我的本意。

12. 提供幫助

☑어떻게 도와 드릴까요?

o*.do*.ke/do.wa/deu.ril.ga.yo

怎麼幫您呢？

☑무엇을 도와 드릴까요?

mu.o*.seul/do.wa/deu.ril.ga.yo

需要幫忙嗎？

☑뭐가 필요하세요?

mwo.ga/pi.ryo.ha.se.yo

您需要什麼嗎？

☑도움 필요하세요?

do.um/pi.ryo.ha.se.yo

需要幫助嗎？

☑소개해 드릴까요?

so.ge*.he*/deu.ril.ga.yo

需要為您做介紹嗎？

☑추천해 드릴까요?

chu.cho*n.he*/deu.ril.ga.yo

需要為您做推薦嗎？

13. 尋求幫助

☑어느 분이 절 도와 주시겠어요?

o*.neu/bu.ni/jo*l/do.wa/ju.si.ge.sso*.yo

誰能幫我的忙？

☑저를 좀 도와 주십시오.

jo*.reul/jjom/do.wa/ju.sip.ssi.o

請幫我個忙。

☑한 가지 부탁할 일이 있습니다.

han/ga.ji/bu.ta.kal/i.ri/it.sseum.ni.da

有件事情，想拜託您。

☑도와주세요.

do.wa.ju.se.yo

請幫我。

☑저를 좀 도와 주시겠습니까?

jo*.reul/jjom/do.wa/ju.si.get.sseum.ni.ga

可以幫個忙嗎？

☑뭐 좀 부탁 드려도 돼요?

mwo/jom/bu.tak/deu.ryo*.do/dwe*.yo

可以拜託你幫忙嗎？

• track 170

☑저를 꼭 좀 도와줘야 해요.

jo*.reul/gok/jom/do.wa.jwo.ya/he*.yo

你一定要幫幫我。

☑저녁밥을 좀 사다 줄 수 있어요?

jo*.nyo*k.ba.beul/jjom/sa.da.jul/su/i.sso*.yo

可以幫我買晚餐嗎?

☑너 지금 바쁘니? 서류를 좀 복사
해 줄래?

no*/ji.geum/ba.beu.ni//so*.ryu.reul/jjom/bok.ssa.
he*/jul.le*

你現在忙嗎?可以幫我印資料嗎?

☑문 좀 닫아 줄래요?

mun/jom/da.da/jul.le*.yo

幫我關門好嗎?

☑짐 좀 옮겨 주시겠어요?

jim/jom/om.gyo*/ju.si.ge.sso*.yo

可以幫我搬行李嗎?

☑이걸 좀 도와 주세요.

i.go*l/jom/do.wa/ju.se.yo

請幫我做這個。

14. 情緒用語

☑ 뭐?

mwo

什麼？

☑ 어머나!

o*.mo*.na

哎呀！

☑ 뭐라고?

mwo.ra.go

你説什麼？

☑ 됐거든.

dwe*t.go*.deun

算了。／不用再説了。

☑ 꿈도 꾸지 마세요.

gum.do/gu.ji/ma.se.yo

休想！

☑ 조용하세요!

jo.yong.ha.se.yo

安靜！

☑정말 죽인다.
jo*ng.mal/jju.gin.da
太棒了！

☑쪽 팔려요.
jjok/pal.lyo*.yo
好丟臉！

☑이럴 줄 알았어요.
i.ro*l/jul/a.ra.sso*.yo
我就知道是這樣。

☑누가 그랬어?
nu.ga/geu.re*.sso*
誰做的？

☑시치미 떼지 말아요.
si.chi.mi/de.ji/ma.ra.yo
別裝蒜。

☑큰소리를 치지 마.
keun.so.ri.reul/chi.ji/ma
少說大話。

☑완전히 엉망이 되었어요.
wan.jo*n.hi/o*ng.mang.i/dwe.o*.sso*.yo
變得真慘！

☑전 그냥 해 본 소리예요.

jo*n/geu.nyang/he*/bon/so.ri.ye.yo

我只是隨口説説的。

☑난 얼마나 후회했는지 몰라.

nan/o*l.ma.na/hu.hwe.he*n.neun.ji/mol.la

我不知道有多後悔。

☑너무 불쌍해요.

no*.mu/bul.ssang.he*.yo

太可憐了。

☑어머, 부끄러워.

o*.mo*//bu.geu.ro*.wo

哎呀，真丟臉。

☑넌 빠져.

no*n/ba.jo*

不關你的事。／你別干涉。

☑이제 속이 시원하다.

i.je/so.gi/si.won.ha.da

現在心裡舒服多了。

☑거봐, 내가 뭐라고 했어.

go*.bwa/ne*.ga/mwo.ra.go/he*.sso*

看吧！我就説吧！

☑진짜 웃긴다.

jin.jja/ut.gin.da

真搞笑。

☑넌 국물도 없어.

no*n/gung.mul.do/o*p.sso*

沒你的份。

☑그건 내가 할 소리야.

geu.go*n/ne*.ga/hal/sso.ri.ya

那是我要説的話。

☑진짜 닭살이네요!

jin.jja/dak.ssa.ri.ne.yo

都起雞皮疙瘩了！

☑꿈 깨!

gum/ge*

死心吧！

☑이거 장난이 아닌데요!

i.go*/jang.na.ni/a.nin.de.yo

這可不是開玩笑的！

☑아까워라!

a.ga.wo.ra

真可惜！

☑세상에 뭐 이런 놈이 다 있어?

se.sang.e/mwo/i.ro*n/no.mi/da/i.sso*

天哪，怎麼有這種人？

☑너 삐쳤니?

no*/bi.cho*n.ni

你生氣囉？

☑넌 이제 죽었어.

no*n/i.je/ju.go*.sso*

你死定了。

☑나랑 애기 좀 해.

na.rang/e*.gi/jom/he*

和我聊聊。

15. 用餐、喝酒

☑맛있게 드세요.

ma.sit.gc/deu.se.yo

用餐愉快。

☑뭐 드실래요?

mwo/deu.sil.le*.yo

你要吃什麼？

☑배 불러요.

be*/bul.lo*.yo

吃飽了。

☑배 고파요.

be*/go.pa.yo

肚子餓了。

☑건배!

go*n.be*

乾杯！

☑원 샷!

won.syat

乾杯！

☑천천히 드세요.

cho*n.cho*n.hi/deu.se.yo

請慢用。

☑메뉴 좀 볼 수 있을까요?

me.nyu/jom/bol/su/i.sseul.ga.yo

可以給我看一下菜單嗎？

☑이건 맛이 없습니다.

i.go*n/ma.si/o*p.sseum.ni.da

這不好吃。

☑디저트를 먹고 싶은데요.

di.jo*.teu.reul/mo*k.go/si.peun.de.yo

我想吃甜點。

☑생선은 신선합니까?

se*ng.so*.neun/sin.so*n.ham.ni.ga

魚新鮮嗎？

☑다 못 먹겠어요.

da/mot/mo*k.ge.sso*.yo

吃不完。

☑목이 말라요.

mo.gi/mal.la.yo

口渴。

☑저녁 같이 하시겠습니까?

jo*.nyo*k/ga.chi/ha.si.get.sseum.ni.ga

要一起共用晚餐嗎？

☑뭘 드시겠습니까?

mwol/deu.si.get.sseum.ni.ga

您要吃什麼？

☑배고프지 않아요.

be*.go.peu.ji/a.na.yo

不餓。

☑커피 한 잔 주세요.

ko*.pi/han/jan/ju.se.yo

請給我一杯咖啡。

☑저녁식사 준비는 다 됐나요?

jo*.nyo*k.ssik.ssa/jun.bi.neun/da/dwe*n.na.yo

晚餐都準備好了嗎？

☑할머니, 식사하세요.

hal.mo*.ni//sik.ssa.ha.se.yo

奶奶，吃飯了。

☑아침 식사는 뭐로 할까?

a.chim/sik.ssa.neun/mwo.ro/hal.ga

早餐想吃什麼？

☑그럼 같이 저녁 먹어요.

geu.ro*m/ga.chi/jo*.nyo*k/mo*.go*.yo

那一起吃晚餐吧。

☑식사 중입니다.

sik.ssa/jung.im.ni.da

用餐中。

☑점심 식사는 언제예요?

jo*m.sim/sik.ssa.neun/o*n.je.ye.yo

午餐時間是何時?

☑식사 했습니까?

sik.ssa/he*t.sseum.ni.ga

您用餐了嗎?

☑맛이 끝내줘요!

ma.si/geun.ne*.jwo.yo

味道真棒!

☑점심때 뭐 먹었어요?

jo*m.sim.de*/mwo/mo*.go*.sso*.yo

午餐你吃了什麼?

☑맛이 어때요?

ma.si/o*.de*.yo

味道怎麼樣?

☑ 먹을 거 없어요?

mo*.geul/go*/o*p.sso*.yo

有吃的嗎？

16. 責備、教訓

☑정말 말도 안돼요.
jo*ng.mal/mal.do/an.dwe*.yo
太不像話了。

☑어떻게 이럴 수가.
o*.do*.ke/i.ro*l/su.ga
怎麼可以這樣。

☑말대꾸 하지 마세요.
mal.de*.gu/ha.ji/ma.se.yo
不要頂嘴。

☑왜 미리 얘기 안 했어요?
we*/mi.ri/ye*.gi/an/he*.sso*.yo
為什麼不早說？

☑이건 절대 이대로 넘어갈 수 없어.
i.go*n/jo*l.de*/i.de*.ro/no*.mo*.gal/ssu/o*p.sso*
這絕不能這樣就算了。

☑네 변명을 듣고 싶지 않아.
ne/byo*n.myo*ng.eul/deut.go/sip.jji/a.na
我不想聽你狡辯。

☑말이 너무 지나치시네요.

ma.ri/no*.mu/ji.na.chi.si.ne.yo

您的話太過分了。

☑넌 자존심도 없냐?

no*n/ja.jon.sim.do/o*m.nya

你連自尊心也沒有嗎?

☑넌 참 철이 없다.

no*n/cham/cho*.ri/o*p.da

你真不懂事。

☑농담도 한도가 있지.

nong.dam.do/han.do.ga/it.jji

開玩笑也有個限度。

☑네가 어떻게 나한테 그럴 수가 있어.

ne.ga/o*.do*.ke/na.han.te/geu.ro*l/su.ga/i.sso*

你怎麼可以對我那樣。

☑이번에는 네가 너무 잘못한 거야.

i.bo*.ne.neun/ne.ga/no*.mu/jal.mo.tan/go*.ya

這次你真的做錯了。

☑너, 철 좀 들어라!

no*,/cho*l/jom/deu.ro*.ra

你懂事一點吧！

☑똑바로 말해봐!

dok.ba.ro/mal.he*.bwa

你給我老實説！

☑똑바로 들어.

dok.ba.ro/deu.ro*

你給我聽好！

☑항상 사람을 외모로 판단하지 마
라.

hang.sang/sa.ra.meul/we.mo.ro/pan.dan.ha.ji/ma.ra

不可以貌取人。

☑건방지게 행동하지 마.

go*n.bang.ji.ge/he*ng.dong.ha.ji.ma

別做無禮的行為。

☑정신을 어디다 두고 다니는 거야!

jo*ng.si.neul/o*.di.da/du.go/da.ni.neun/go*.ya

你心思都放在哪裡啊？

☑내게 그런 핑계 대지마.

ne*.ge/geu.ro*n/ping.gye/de*.ji.ma

不要給我那種藉口。

☑너 얼굴 참 두껍다.

no*/o*l.gul/cham/du.go*p.da

你臉皮真厚。

☑반말하지마.

ban.mal.ha.jji.ma

不要說半語。

☑입장 바꿔 생각해봐.

ip.jjang/ba.gwo/se*ng.ga.ke*.bwa

你換個立場想想吧！

☑좀 책임감을 가져라.

jom/che*.gim.ga.meul/ga.jo*.ra

有點責任感吧！

☑너무 오바 하지마.

no*.mu/o.ba/ha.ji.ma

別太過分！

☑수다 떨지 마.

su.da/do*l.ji/ma

別嘮叨了。

☑야, 너 큰소리 치지 마.

ya//no*/keun.so.ri/chi.ji/ma

喂，你不要吹牛。

☑거짓말 하지 마.

go*.jin.mal/ha.ji/ma

不要說謊。

☑분위기 망치지마.

bu.nwi.gi/mang.chi.ji.ma

別破壞氣氛！

---

17. 信任

☑절 믿으세요.

jo*l/mi.deu.se.yo

相信我。

☑이 일을 저한테 맡기십시오.

i/i.reul/jjo*.han.te/mat.gi.sip.ssi.o

這件事交給我去辦。

☑나는 네 말을 믿어.

na.neun/ne/ma.reul/mi.do*

我相信你講得話。

☑믿어 줄게요.

mi.do*/jul.ge.yo

我相信你。

☑못 믿어요!

mot/mi.do*.yo

我不信!

☑날 믿어 줄래?

nal/mi.do*/jul.le*

你願意相信我嗎?

18. 道謝

☑고마워요!

go.ma.wo.yo

謝謝。

☑땡큐.

de*ng.kyu

謝謝。

☑밥 한 번 살게.

bap/han/bo*n/sal.ge

請你吃飯。

☑너 밖에 없어.

no*/ba.ge/o*p.sso*

我只有你了。

☑평생 잊지 못할 겁니다.

pyo*ng.se*ng/it.jji/mo.tal/go*m.ni.da

這輩子都不會忘記的。

☑초대해 주셔서 감사합니다.

cho.de*.he*/ju.syo*.so*/gam.sa.ham.ni.da

謝謝你的招待。

☑넌 역시 내 친구야.

no*n/yo*k.ssi/ne*/chin.gu.ya

你果然是我的朋友！

☑대단히 감사합니다.

de*.dan.hi/gam.sa.ham.ni.da

非常感謝您！

☑협조해 주셔서 정말 감사합니다.

hyo*p.jjo.he*/ju.syo*.so*/jo*ng.mal/gam.sa.ham.ni.da

多謝合作。

☑저를 맞이하러 여기까지 와주셔
서 감사합니다.

jo*.reul/ma.ji.ha.ro*/yo*.gi.ga.ji/wa.ju.syo*.so*/
gam.sa.ham.ni.da

感謝您來這裡迎接我。

☑다시 한번 감사 드립니다.

da.si/han.bo*n/gam.sa/deu.rim.ni.da

再次感謝您。

☑진심으로 감사합니다.

jin.si.meu.ro/gam.sa.ham.ni.da

真心感謝您。

☑어떻게 보답해야 할지 모르겠습
니다.

o*.do*.ke/bo.da.pe*.ya/hal.jji/mo.reu.get.sseum.ni.da

不知道該如何報答您。

☑찾아 주셔서 감사합니다.

cha.ja/ju.syo*.so*/gam.sa.ham.ni.da

感謝您的光臨。

☑워라고 감사를 드려야 할지 모르
겠습니다.

mwo.ra.go/gam.sa.reul/deu.ryo*.ya/hal.jji/mo.reu.
get.sseum.ni.da

不知道該説什麼來表達我的感謝。

19. 回應感謝

☑천만에요.

cho*n.ma.ne.yo

不客氣。

☑별 말씀을요.

byo*l/mal.sseu.meu.ryo

哪裡的話。

☑별말씀을 다 하시네요.

byo*l.mal.sseu.meul/da/ha.si.ne.yo

您太客氣了。

☑이것은 사소한 일이에요.

i.go*.seun/sa.so.han/i.ri.e.yo

這只是小事一樁。

☑별일 아니에요.

byo*.ril/a.ni.e.yo

這不算什麼。

20. 拒絕

☑싫어.
si.ro*
不要！

☑안돼요.
an.dwe*.yo
不行。

☑절대 안 돼.
jo*l.de*/an/dwe*
絕對不行。

☑필요 없어요.
pi.ryo/o*p.sso*.yo
不需要。

☑거절해요.
go*.jo*l.he*.yo
我拒絕。

☑전 됐어요.
jo*n/dwe*.sso*.yo
我就不必了。

☑아니, 할 일이 너무 많아서.

a.ni//ha.ri.ri/no*.mu/ma.na.so*

不了，我要做的事情很多。

☑다음에 가자.

da.eu.me/ga.ja

下次再去吧！

☑지금 바쁜데요.

ji.geum/ba.beun.de.yo

我現在很忙。

☑지금은 안 돼요. 내일 어때요?

ji.geu.meun/an/dwe*.yo//ne*.il/o*.de*.yo

現在不行，明天好嗎？

☑시간이 안 돼.

si.ga.ni/an/dwe*

時間上不行。

☑전 다른 약속이 있어요.

jo*n/da.reun/yak.sso.gi/i.sso*.yo

我有其他約了。

☑곤란한데요.

gol.lan.han.de.yo

有些困難。

☑내일 안 갈래요. 약속이 있어요.

ne*.il/an/gal.le*.yo//yak.sso.gi/i.sso*.yo

明天我不去，我有約。

☑아니오, 그냥 갈래요.

a.ni.o//geu.nyang/gal.le*.yo

不了，我要走了。

☑저는 그렇게 생각하지 않아요.

jo*.neun/geu.ro*.ke/se*ng.ga.ka.ji/a.na.yo

我不這麼認為。

☑나중에.

na.jung.e

改天吧。

☑불가능한 일이에요.

bul.ga.neung.han/i.ri.e.yo

不可能的事。

☑전 그렇게까지 해야 할 이유가 없습니다.

jo*n/geu.ro*.ke.ga.ji/he*.ya/hal/i.yu.ga/o*p.sseum. ni.da

我沒有非要那樣做的理由。

☑죄송해요. 정말 시간이 없어서…
jwe.song.he*.yo//jo*ng.mal/ssi.ga.ni/o*p.sso*.so*
對不起，我真的沒時間…。

☑오늘은 약속이 있어서 안 돼요. 다음에 다시 만나죠.
o.neu.reun/yak.sso.gi/i.sso*.so*/an/dwe*.yo//da.eu.me/da.si/man.na.jyo
今天有約所以不行，下次再見面吧！

21. 日常禮儀

☑안녕히 가세요.

an.nyo*ng.hi/ga.se.yo

再見。（向走的人）

☑안녕히 계세요.

an.nyo*ng.hi/gye.se.yo

再見。（向留下的人）

☑또 만나요.

do/man.na.yo

再見。

☑또 봐요.

do/bwa.yo

再見。

☑처음 뵙겠습니다.

cho*.eum/bwep.get.sseum.ni.da

初次見面！

☑당신을 알게 되어 기쁩니다.

dang.si.neul/al.ge/dwe.o*/gi.beum.ni.da

很高興認識您。

☑잘 부탁드립니다.

jal/bu.tak.deu.rim.ni.da

請多關照。

☑수고하셨습니다.

su.go.ha.syo*t.sseum.ni.da

辛苦了。

☑피곤하시지요.

pi.gon.ha.si.ji.yo

您累了吧。

☑어서 들어오세요.

o*.so*/deu.ro*.o.se.yo

快請進。

☑잠깐만 기다려 주세요.

jam.gan.man/gi.da.ryo*/ju.se.yo

請稍等一下。

☑일은 어떻게 진행 되고 있나요?

i.reun/o*.do*.ke/jin.he*ng/dwe.go/in.na.yo

工作進展如何？

☑다 잘 되시나요?

da/jal/dwe.si.na.yo

一切都很順利嗎？

☑가족들은 모두 잘 지내세요?
ga.jok.deu.reun/mo.du/jal/jji.ne*.se.yo
家人都還好嗎?

☑오시느라고 수고했어요.
o.si.neu.ra.go/su.go.he*.sso*.yo
一路上辛苦了。

☑편히 주무세요.
pyo*n.hi/ju.mu.se.yo.
請好好休息。

☑무사히 다녀 오세요.
mu.sa.hi/da.nyo*/o.se.yo
一路順風。

☑그동안 폐 많이 끼쳤습니다.
geu.dong.an/pye/ma.ni/gi.cho*t.sseum.ni.da
這段時間給您添麻煩了。

☑엄마, 저 다녀올게요.
o*m.ma//jo*/da.nyo*.ol.ge.yo
媽,我出門了。

☑저 다녀왔습니다.
jo*/da.nyo*.wat.sseum.ni.da
我回來了。

☑어서 오세요.

o*.so*/o.se.yo

歡迎光臨。

☑부모님은 여전히 건강하시죠?

bu.mo.ni.meun/yo*.jo*n.hi/go*n.gang.ha.si.jyo

父母親仍健康吧？

☑시간이 되면 같이 식사라도 하죠.

si.ga.ni/dwe.myo*n/ga.chi/sik.ssa.ra.do/ha.jyo

有時間的話，再一起吃個飯吧！

22. 告白

☑ 사랑해요.

sa.rang.he*.yo

我愛你。

☑ 네가 좋아.

ne.ga/jo.a

我喜歡你。

☑ 키스 해도 돼?

ki.seu/he*.do/dwe*

可以吻你嗎？

☑ 우리 결혼하자.

u.ri/gyo*l.hon.ha.ja

我們結婚吧！

☑ 난 너를 찍었거든.

nan/no*.reul/jji.go*t.go*.deun

我看中你了。

☑ 난 진심이에요.

nan/jin.si.mi.e.yo

我是認真的。

☑오늘 저랑 데이트하실래요?

o.neul/jjo*.rang/de.i.teu.ha.sil.le*.yo

你願意今天和我約會嗎?

☑첫눈에 반했어요.

cho*n.nu.ne/ban.he*.sso*.yo

一見鍾情。

☑정말 보고 싶어요.

jo*ng.mal/bo.go/si.po*.yo

真的很想你。

☑차였어요.

cha.yo*.sso*.yo

被甩了。

☑헤어졌어요.

he.o*.jo*.sso*.yo

分手了。

☑네가 보고싶어서 죽겠어.

ne.ga/bo.go.si.po*.so*/juk.ge.sso*

想死你了。

☑내 곁에 있어줘.

ne*/gyo*.te/i.sso*.jwo

呆在我身邊吧!

☑ 평생 너만 사랑한다.

pyo*ng.se*ng/no*.man/sa.rang.han.da

一生只愛你。

23. 驚嚇

☑놀라지 마세요!

nol.la.ji/ma.se.yo

別驚慌！

☑그 친구가 안 와서 진짜 놀랐어.

geu/chin.gu.ga/an/wa.so*/jin.jja/nol.le*.sso*

那位朋友沒來，我真的嚇一跳。

☑예상하지도 못했어요.

ye.sang.ha.ji.do/mo.te*.sso*.yo

真沒想到。

☑그의 성공에 대해 놀랐어요.

geu.ui/so*ng.gong.e/de*.he*/nol.la.sso*.yo

他的成功讓我感到很意外。

☑이건 정말 못 믿겠어요!

i.go*n/jo*ng.mal/mot/mit.ge.sso*.yo

這簡直難以置信。

☑뭐라고요?

mwo.ra.go.yo

你說什麼？

☑농담하지 마세요!

nong.dam.ha.ji/ma.se.yo

別開玩笑。

☑어머나! 정말이에요?

o*.mo*.na//jo*ng.ma.ri.e.yo

天哪！真的嗎？

☑깜짝이야.

gam.jja.gi.ya

嚇我一跳。

☑너무 뜻밖이네요.

no*.mu/deut.ba.gi.ne.yo

太意外了。

☑깜짝 놀랐어요.

gam.jjak/nol.la.sso*.yo

嚇一跳。

24. 詢問

☑언제입니까?

o*n.je.im.ni.ga

何時？

☑그래요?

geu.re*.yo

是嗎？

☑어쩌죠?

o*.jjo*.jyo

怎麼辦？

☑어때요?

o*.de*.yo

如何？

☑왜요?

we*.yo

為什麼呢？

☑왜 그래요?

we*/geu.re*.yo

怎麼了？

☑무슨 이유라도 있어요?

mu.seun/i.yu.ra.do/i.sso*.yo

有什麼理由嗎？

☑말 좀 물읍시다.

mal/jjom/mu.reup.ssi.da

請問。

☑누구세요?

nu.gu.se.yo

您是哪位？

☑어디예요?

o*.di.ye.yo

在哪裡？

☑시간이 있습니까?

si.ga.ni/it.sseum.ni.ga

你有時間嗎？

☑얼마입니까?

o*l.ma.im.ni.ga

多少錢？

☑맛있어요?

ma.si.sso*.yo

好吃嗎？

☑몇 시에 점심을 먹습니까?

myo*t/si.e/jo*m.si.meul/mo*k.sseum.ni.ga

幾點吃午飯?

☑이것이 무엇입니까?

i.go*.si/mu.o*.sim.ni.ga

這是什麼?

☑당신은 어디에 사십니까?

dang.si.neun/o*.di.e/sa.sim.ni.ga

您住在哪裡?

☑당신은 무슨 일을 합니까?

dang.si.neun/mu.seun/i.reul/ham.ni.ga

你從事什麼工作?

☑어디에 가십니까?

o*.di.e/ga.sim.ni.ga

您要去哪裡?

☑문을 닫아도 괜찮을까요?

mu.neul/da.da.do/gwe*n.cha.neul.ga.yo

可以把門關上嗎?

☑운동을 좋아하십니까?

un.dong.eul/jjo.a.ha.sim.ni.ga

喜歡運動嗎?

☑휴가 때 뭘 하려고 합니까?

hyu.ga/de*/mwol/ha.ryo*.go/ham.ni.ga

休假時，你想做什麼？

☑좋아하는 음식이 뭐예요?

jo.a.ha.neun/eum.si.gi/mwo.ye.yo

你喜歡什麼食物？

☑입장료가 얼마입니까?

ip.jjang.nyo.ga/o*l.ma.im.ni.ga

門票多少錢？

☑언제 출발하세요?

o*n.je/chul.bal.ha.sse.yo

什麼時候出發？

☑나이가 어떻게 되십니까?

na.i.ga/o*.do*.ke/dwe.sim.ni.ga

請問您多大年紀了？

☑어떻게 해요?

o*.do*.ke/he*.yo

怎麼做呢？

☑하지 않았어요?

ha.ji/a.na.sso*.yo

沒有做嗎？

☑이미 돌아왔어요?

i.mi/do.ra.wa.sso*.yo

已經回來了嗎？

☑아세요?

a.se.yo

您知道嗎？

☑모르십니까?

mo.reu.sim.ni.ga

您不知道嗎？

☑대체 비결이 뭐야?

de*.che/bi.gyo*.ri/mwo.ya

到底祕訣是什麼？

☑그거 할거야, 말거야?

geu.go*/hal.go*.ya//mal.go*.ya

那是要做，還是不做？

☑너 그거 진짜 할거야?

no*/geu.go*/jin.jja/hal.go*.ya

你真的要做那個嗎？

25. 回應他人

☑네./예.
  ne/ye
  是的。／對。

☑아니요.
  a.ni.yo
  不是。

☑그냥…
  geu.nyang
  只是…。

☑맞아요.
  ma.ja.yo
  是的。

☑틀려요.
  teul.lyo*.yo
  不對。

☑그래요.
  geu.re*.yo
  是的。

☑좋아요.

jo.a.yo

好的。

☑괜찮아요.

gwe*n.cha.na.yo

沒關係。

☑그렇군요.

geu.ro*.ku.nyo

原來如此。

☑아마 그럴겁니다.

a.ma/geu.ro*l.go*m.ni.da

也許是那樣。

☑계속 말해봐요.

gye.sok/mal.he*.bwa.yo

繼續說。

☑확실히 그래요.

hwak.ssil.hi/geu.re*.yo

的確如此。

☑그럴 수도 있어요.

geu.ro*l/su.do/i.sso*.yo

可能會那樣吧！

☑당연하지요.

dang.yo*n.ha.ji.yo

那是當然的。

☑글쎄요.

geul.sse.yo

這個嘛…。

☑어쩐지...

o*.jjo*n.ji

怪不得…。

☑사실대로 말하면...

sa.sil.de*.ro/mal.ha.myo*n

老實説…。

☑사실은…

sa.si.reun

事實上…。

☑왜냐하면…

we*.nya.ha.myo*n

因為…。

☑제 생각엔…

je/se*ng.ga.gen

我認為…。

☑예를 들면...

ye.reul/deul.myo*n

舉例來說…。

☑정말요?

jo*ng.ma.ryo

真的嗎?

☑뭐?

mwo

什麼?

☑뭐라고요?

mwo.ra.go.yo

你說什麼?

☑그건…

geu.go*n

那個…

☑음.

eum

恩。

☑제 말은

je.ma.reun

我是說…。

☑솔직히 말씀 드리면…

sol.jji.ki/mal.sseum/deu.ri.myo*n

坦白説…。

26. 抱怨

☑ 너무 비쌉니다.

no*.mu/bi.ssam.ni.da.

這太貴了。

☑ 답답해요.

dap.da.pe*.yo

真煩。

☑ 불만이 있어요.

bul.ma.ni/i.sso*.yo

我有不滿。

☑ 정말 짜증나요.

jo*ng.mal/jja.jeung.na.yo

真煩人。

☑ 불공평해요.

bul.gong.pyo*ng.he*.yo

不公平。

☑ 저는 질렸어요.

jo*.neun/jil.lyo*.sso*.yo

我膩了。

☑너무 힘들어요. 안 할래요.
no*.mu/him.deu.ro*.yo//an/hal.le*.yo
太辛苦了，我不做。

☑심심해요.
sim.sim.he*.yo
無聊。

☑이 반찬은 맛없어요.
i/ban.cha.neun/ma.do*p.sso*.yo
這道菜不好吃。

☑재미 하나도 없어요. 집에 갈래요.
je*.mi/ha.na.do/o*p.sso*.yo//ji.be/gal.le*.yo
一點都不好玩，我要回家了。

☑이 일은 저한테 너무 어렵잖아요.
다른 사람을 시키세요.
i/i.reun/jo*.han.te/no*.mu/o*.ryo*p.jja.na.yo//da.
reun/sa.ra.meul/ssi.ki.se.yo
這件事對我來說太難了，請叫別人去做。

27. 擔心、害怕

☑걱정하지 마. 안심해도 돼.

go*k.jjo*ng.ha.ji/ma//an.sim.he*.do/dwe*.

別擔心，放心吧！

☑지각할까 봐 걱정돼.

ji.ga.kal.ga/bwa/go*k.jjo*ng.dwe*

擔心會遲到。

☑무서워하지 마!

mu.so*.wo.ha.ji/ma

別害怕！

☑걱정할 거 없어요.

go*k.jjo*ng.hal/go*/o*p.sso*.yo

沒什麼好擔心的。

☑두려워요.

du.ryo*.wo.yo

我害怕。

☑걱정돼요.

go*k.jjo*ng.dwe*.yo

我擔心。

28. 談論天氣

☑날씨가 어떻습니까?

nal.ssi.ga/o*.do*.sseum.ni.ga

天氣怎麼樣?

☑오늘은 날씨 좋네요.

o.neu.reun/nal.ssi/jon.ne.yo

今天天氣很好。

☑오늘은 매우 더워요.

o.neu.reun/me*.u/do*.wo.yo

今天很熱。

☑오늘은 더 추워요.

o.neu.reun/do*/chu.wo.yo

今天更冷。

☑비가 와요.

bi.ga/wa.yo

下雨了。

☑날씨가 화창하고 참 상쾌합니다.

nal.ssi.ga/hwa.chang.ha.go/cham/sang.kwe*.ham.ni.da

天氣很晴朗,真是清爽。

☑날씨는 어때요? 따뜻해요?

nal.ssi.neun/o*.de*.yo//da.deu.te*.yo

天氣如何？温暖嗎？

☑날씨가 좋아졌어요.

nal.ssi.ga/jo.a.jo*.sso*.yo

天氣變好了。

☑태풍이 커졌어요.

te*.pung.i/ko*.jo*.sso*.yo

颱風變大了。

☑비가 그치고 해가 나왔어요.

bi.ga/geu.chi.go/he*.ga/na.wa.sso*.yo

雨停了，太陽出來了。

☑눈이 올 것 같아요.

nu.ni/ol/go*t/ga.ta.yo

好像要下雪了。

☑왜 여름을 싫어해요?

we*/yo*.reu.meul/ssi.ro*.he*.yo

為什麼討厭夏天？

☑어제보다 추워요?

o*.je.bo.da/chu.wo.yo

比昨天冷嗎？

☑좀 쌀쌀해요.

jom/ssal.ssal.he*.yo

有點涼。

☑오늘도 맑은 날씨네요.

o.neul.do/mal.geun/nal.ssi.ne.yo

今天也是晴天。

☑날씨가 맑아요.

nal.ssi.ga/mal.ga.yo

天氣晴朗。

☑태풍이 불어요.

te*.pung.i/bu.ro*.yo

颳颱風。

☑안개가 꼈어요.

an.ge*.ga/gyo*.sso*.yo

有霧。

☑구름이 많이 꼈어요.

gu.reu.mi/ma.ni/gyo*.sso*.yo

多雲。

☑날씨가 흐려요.

nal.ssi.ga/heu.ryo*.yo

陰天。

☑지금 날씨가 너무 시원해요.

ji.geum/nal.ssi.ga/no*.mu/si.won.he*.yo

現在天氣很涼爽。

☑바람이 많이 불어요.

ba.ra.mi/ma.ni/bu.ro*.yo

風很大。

☑오늘은 별로 춥지 않아요.

o.neu.reun/byo*l.lo/chup.jji/a.na.yo

今天不怎麼冷。

☑바깥에 비가 옵니다.

ba.ga.te/bi.ga/om.ni.da

外面在下雨。

☑날씨가 건조해요.

nal.ssi.ga/go*n.jo.he*.yo

天氣很乾燥。

☑날씨가 습습해요.

nal.ssi.ga/seup.sseu.pe*.yo

氣候很潮濕。

☑오늘의 기온은 어때요?

o.neu.rui/gi.o.neun/o*.de*.yo

今天氣溫如何？

☑30도입니다.

sam.sip.do.im.ni.da

是 30 度。

☑더워 죽겠어요.

do*.wo/juk.ge.sso*.yo

熱死了。

☑추워 죽겠어요.

chu.wo/juk.ge.sso*.yo

冷死了。

29. 身體不適

☑몸관리 잘 하세요.

mom.gwal.li/jal/ha.se.yo

請多保重。

☑아버지가 편찮으세요.

a.bo*.ji.ga/pyo*n.cha.neu.se.yo

爸爸身體不適。

☑머리가 많이 아파요. 약을 먹어
야 겠어요.

mo*.ri.ga/ma.ni/a.pa.yo//ya.geul/mo*.go*.ya/ge.
sso*.yo

頭很痛，要吃藥。

☑몸이 약해졌어요.

mo.mi/ya.ke*.jo*.sso*.yo

身體變得虛弱。

☑저는 지쳤습니다.

jo*.neun/ji.cho*t.sseum.ni.da

我累了。

☑몸이 아픕니다.

mo.mi/a.peum.ni.da

我身體不舒服。

☑어디가 편찮으십니까?

o*.di.ga/pyo*n.cha.neu.sim.ni.ga

您哪裡不舒服嗎?

☑거의 먹지 못하고 있습니다.

go*.ui/mo*k.jji/mo.ta.go/it.sseum.ni.da

幾乎不能吃東西。

☑온 몸에 힘이 빠져요.

on/mo.me/hi.mi/ba.jo*.yo

全身沒力氣。

☑피곤해 죽겠어요.

pi.gon.he*/juk.ge.sso*.yo

累死了。

☑어떡해요? 배가 너무 아파요.

o*.do*.ke*.yo//be*.ga/no*.mu/a.pa.yo

怎麼辦,我肚子好痛。

☑저는 멀미가 좀 있습니다.

jo*.neun/mo*l.mi.ga/jom/it.sseum.ni.da

我覺得有點暈機。

☑목이 아파요.

mo.gi/a.pa.yo

喉嚨痛。

☑머리가 아파요.

mo*.ri.ga/a.pa.yo

頭痛。

☑발을 삐었어요.

ba.reul/bi.o*.sso*.yo

腳扭到了。

☑다리를 다쳤어요.

da.ri.reul/da.cho*.sso*.yo

腿受傷了。

☑제가 조심하지 않아서 넘어졌어요.

je.ga/jo.sim.ha.ji/a.na.so*/no*.mo*.jo*.sso*.yo

我不小心摔倒了。

☑칼에 손을 베었어요.

ka.re/so.neul/be.o*.sso*.yo

手被刀劃傷了。

☑피가 나요.

pi.ga/na.yo

流血了。

☑출혈이 심해요.

chul.hyo*.ri/sim.he*.yo

嚴重出血。

☑다리 뼈가 부러졌어요.

da.ri/byo*.ga/bu.ro*.jo*.sso*.yo

腿骨折了。

☑부었어요.

bu.o*.sso*.yo

腫起來了。

☑부딪쳐 다쳤어요.

bu.dit.cho*/da.cho*.sso*.yo

撞傷了。

☑화상을 입었어요.

hwa.sang.eul/i.bo*.sso*.yo

燙傷了。

☑물집이 생겼어요.

mul.ji.bi/se*ng.gyo*.sso*.yo

起水泡了。

☑허리가 아파요.

ho*.ri.ga/a.pa.yo

腰痛。

☑이빨이 아파요.

i.ba.ri/a.pa.yo

牙痛。

☑배가 아파요.

be*.ga/a.pa.yo

肚子痛。

☑기운이 없어요.

gi.u.ni/o*p.sso*.yo

沒力氣。

☑머리가 어지러워요.

mo*.ri.ga/o*.ji.ro*.wo.yo

頭暈。

☑기침이 나요.

gi.chi.mi/na.yo

咳嗽。

☑팔이 부러졌어요.

pa.ri/bu.ro*.jo*.sso*.yo

手臂骨折了。

☑두통이 심해요.

du.tong.i/sim.he*.yo

頭痛很嚴重。

☑콧물이 나요.

kon.mu.ri/na.yo

流鼻涕。

☑코가 간지러워요.

ko.ga/gan.ji.ro*.wo.yo

鼻子很癢。

☑코가 막혔어요.

ko.ga/ma.kyo*.sso*.yo

鼻塞了。

☑온 몸에 힘이 없어요.

on/mo.me/hi.mi/o*p.sso*.yo

全身沒力氣。

☑열이 있어요.

yo*.ri/i.sso*.yo

發燒了。

☑손을 다쳤어요.

so.neul/da.cho*.sso*.yo

手受傷了。

☑눈이 충혈되었어요.

nu.ni/chung.hyo*l.dwe.o*.sso*.yo

眼睛充血。

☑이가 아파요.

i.ga/a.pa.yo

牙齒痛。

☑코피가 나요.

ko.pi.ga/na.yo

流鼻血。

☑제가 계속 설사를 해요.

je.ga/gye.sok/so*l.sa.reul/he*.yo

我一直拉肚子。

☑다리가 골절됐어요.

da.ri.ga/gol.jo*l.dwe*.sso*.yo

腳骨折了。

☑토할 것 같아요.

to.hal/go*t/ga.ta.yo

我快吐了。

☑감기에 걸린 것 같아요.

gam.gi.e/go*l.lin/go*t/ga.ta.yo

我好像感冒了。

☑멀미약 좀 주시겠어요?

mo*l.mi.yak/jom/ju.si.ge.sso*.yo

可以給我一點暈車藥嗎？

☑감기에 좋은 약이 있어요?

gam.gi.e/jo.eun/ya.gi/i.sso*.yo

有治感冒效果很好的藥嗎？

☑제게 반창고를 주세요.

je.ge/ban.chang.go.reul/jju.se.yo

給我ＯＫ繃。

30. 祝福、祝賀

☑행운을 빕니다.

he*ng.u.neul/bim.ni.da

祝你好運！

☑축하합니다 !

chu.ka.ham.ni.da

恭喜你！

☑생일 축하합니다.

se*ng.il/chu.ka.ham.ni.da

祝你生日快樂！

☑새해 복 많이 받으세요.

se*.he*/bok/ma.ni/ba.deu.se.yo

新年快樂！

☑새해에는 모든 소망이 다 이루어
지길 바랍니다.

se*.he*.e.neun/mo.deun/so.mang.i/da/i.ru.o*.ji.gil/

ba.ram.ni.da

但願新的一年，所有的願望都能實現。

☑행복한 크리스마스를 보내세요.

he*ng.bo.kan/keu.ri.seu.ma.seu.reul/bo.ne*.se.yo

祝你有個幸福的聖誕節。

☑즐거운 새해 보내세요!

jeul.go*.un/se*.he*/bo.ne*.se.yo

祝有個愉快的新年。

☑메리크리스마스!

me.ri.keu.ri.seu.ma.seu

聖誕節快樂。

☑새해에는 행운이 늘 함께 하길...

se*.he*.e.neun/he*ng.u.ni/neul/ham.ge/ha.gil

但願在新的一年裡，幸運一直伴你左右…。

☑아드님의 결혼을 축하합니다.

a.deu.ni.mui/gyo*l.ho.neul/chu.ka.ham.ni.da

恭喜你兒子結婚。

☑새해에는 모두 더욱더 건강하시
길 기원 드립니다.

se*.he*.e.neun/mo.du/do*.uk.do*/go*n.gang.ha.si.
gil/gi.won/deu.rim.ni.da

在新的一年裡，祝大家身體更健康。

☑승진을 축하 드립니다.

seung.ji.neul/chu.ka/deu.rim.ni.da

恭喜您升官。

☑즐거운 휴가 보내세요.

jeul.go*.un/hyu.ga/bo.ne*.se.yo

假期愉快。

☑즐거운 여행이 되기를 바랍니다.

jeul.go*.un/yo*.he*ng.i/dwe.gi.reul/ba.ram.ni.da

旅途愉快。

☑모든 소원이 이루어지기를 바랍
니다.

mo.deun/so.wo.ni/i.ru.o*.ji.gi.reul/ba.ram.ni.da

祝您願望都能實現。

☑건강과 행복을 기원합니다.

go*n.gang.gwa/he*ng.bo.geul/gi.won.ham.ni.da

祝你健康快樂。

☑항상 행운이 깃드시기 바랍니다.

hang.sang/he*ng.u.ni/git.deu.si.gi/ba.ram.ni.da

祝您好運。

☑당신 뜻대로 이루어지기를 바랍
니다.

dang.sin/deut.de*.ro/i.ru.o*.ji.gi.reul/ba.ram.ni.da

希望如您所願。

☑내게 행운을 빌어 줘.

ne*.ge/he*ng.u.neul/bi.ro*/jwo

祝我好運。

☑부디 건강하시고 행복하세요.

bu.di/go*n.gang.ha.si.go/he*ng.bo.ka.se.yo

祝您幸福健康。

☑넌 반드시 행복해야해.

no*n/ban.deu.si/he*ng.bo.ke*.ya.he*

你一定要幸福。

☑즐거운 하루가 되세요.

jeul.go*.un/ha.ru.ga/dwe.se.yo

祝你有個愉快的一天。

31. 稱讚

☑정말 대단하군요.

jo*ng.mal/de*.dan.ha.gu.nyo

真了不起！

☑얼굴이 많이 예뻐졌네요.

o*l.gu.ri/ma.ni/ye.bo*.jo*n.ne.yo

你變漂亮了。

☑색깔이 참 예쁘군요!

se*k.ga.ri/cham/ye.beu.gu.nyo

顏色很漂亮呢！

☑아주 멋있습니다.

a.ju/mo*.sit.sseum.ni.da

你很帥。

☑이곳은 아름답군요.

i.go.seun/a.reum.dap.gu.nyo

這裡好美！

☑잘 했어요.

jal/he*.sso*.yo

做得好。

☑이게 누구야? 못 알아보겠어.

i.ge/nu.gu.ya//mot/a.ra.bo.ge.sso*

這是誰啊？差點認不出來。

（對方打扮不同或穿新衣服時）

☑예뻐요.

ye.bo*.yo

漂亮。

☑좋은 생각이에요.

jo.eun/se*ng.ga.gi.e.yo

好主意。

☑참 젊어 보이시네요.

cham/jo*l.mo*/bo.i.si.ne.yo

您看來真年輕。

☑누구를 닮아서 그렇게 예뻐요?

nu.gu.reul/dal.ma.so*/geu.ro*.ke/ye.bo*.yo

你是長得像誰，那麼漂亮？

☑역시 대단해.

yo*k.ssi/de*.dan.he*

你果真了不起。

• track 236

☑따님이 참 귀엽네요.

da.ni.mi/cham/gwi.yo*m.ne.yo

您女兒真可愛。

☑참 훌륭해요.

cham/hul.lyung.he*.yo

真優秀。

☑굉장한 일을 했구나.

gweng.jang.han/i.reul/he*t.gu.na

你做了一件了不起的事。

☑난 너를 자랑스럽게 생각하고 있
다.

nan/no*.reul/jja.rang.seu.ro*p.ge/se*ng.ga.ka.go/it.da

我以你為榮。

☑너무 용기있고 씩씩하구나!

no*.mu/yong.gi.it.go/ssik.ssi.ka.gu.na

你有勇氣又堅強！

☑너 그림 너무 잘 그린다.

no*/geu.rim/no*.mu/jal/geu.rin.da

你圖畫得真好。

☑한국말은 참 잘하시네요.

han.gung.ma.reun/cham/jal.ha.ssi.ne.yo

您韓語講得真好。

☑헤어스타일이 너무 아름답구나.

he.o*.seu.ta.i.ri/no*.mu/a.reum.dap.gu.na

你的髮型真好看！

☑얼굴 피부가 너무 좋구나! 꼭 어
린애 피부 같다.

o*l.gul/pi.bu.ga/no*.mu/jo.ku.na//gok/o*.ri.ne*/pi.
bu/gat.da

你臉的皮膚真好，好像小孩子的皮膚。

☑과찬이십니다.

gwa.cha.ni.sim.ni.da.

您過獎了。

☑남을 잘 도와 주시는군요.

na.meul/jjal/do.wa/ju.si.neun.gu.nyo

您真熱心助人。

☑머리가 잘 돌아가는군요.

mo*.ri.ga/jal/do.ra.ga.neun.gu.nyo

你頭腦真靈光。

• track 238

☑무슨 옷을 걸쳐도 멋있어요.

mu.seun/o.seul/go*l.cho*.do/mo*.si.sso*.yo

你不管穿什麼都好看。

☑당신은 무엇이든지 할 수 있어요.

dang.si.neun/mu.o*.si.deun.ji/hal/ssu/i.sso*.yo

你什麼都辦得到。

☑넌 참으로 영리해.

no*n/cha.meu.ro/yo*ng.ni.he*

你真伶俐。

☑네가 옳아!

ne.ga/o.ra

你是對的。

☑너무 부러워요.

no*.mu/bu.ro*.wo.yo

太羨慕了。

☑우와, 똑똑하네요.

u.wa//dok.do.ka.ne.yo

哇，真聰明！

☑멋지다.

mo*t.jji.da

你很帥。

☑너무 근사해요.

no*.mu/geun.sa.he*.yo

太好看了。

☑잘 어울려요.

jal/o*.ul.lyo*.yo

很適合你。

☑예의가 바르시군요.

ye.ui.ga/ba.reu.si.gu.nyo

您真有禮貌。

☑인내심이 강하군요.

in.ne*.si.mi/gang.ha.gu.nyo

你很有耐心呢！

☑친절하시네요.

chin.jo*l.ha.si.ne.yo

您真親切。

☑어떤 일에든지 성실하시군요.

o*.do*n/i.re.deun.ji/so*ng.sil.ha.si.gu.nyo

您對每件事都很誠實呢！

☑늘 웃는 얼굴이에요.

neul/un.neun/o*l.gu.ri.e.yo

您總是笑臉迎人。

☑ 그 옷을 입으니 10년이나 젊어 보인다.

gcu/o.seul/i.beu.ni/sim.nyo*.ni.na/jo*l.mo*/bo.in.da

你穿那件衣服，看起來年輕十歲呢！

☑ 그 아이디어 어디서 나왔니?

geu/a.i.di.o*/o*.di.so*/na.wan.ni

你怎麼想到那個構思的？

☑ 네 생각이 훌륭하구나.

ne/se*ng.ga.gi/hul.lyung.ha.gu.na

你的想法真棒！

☑ 당신한테 딱 안성맞춤이네요.

dang.sin.han.te/dak/an.so*ng.mat.chu.mi.ne.yo

真適合你耶！

☑ 사진보다 실물이 더 예쁘네요.

sa.jin.bo.da/sil.mu.ri/do*/ye.beu.ne.yo

你真人比照片好看。

☑ 춤을 정말 잘 추시네요.

chu.meul/jjo*ng.mal/jjal/chu.si.ne.yo

您舞跳得真好。

☑피부가 엄청 고우시네요.

pi.bu.ga/o*m.cho*ng/go.u.si.ne.yo

您的皮膚真好。

☑미인이시군요.

mi.i.ni.si.gu.nyo

您真是個美人啊！

☑눈도 매우 매력적이세요.

nun.do/me*.u/me*.ryo*k.jjo*.gi.se.yo

您眼睛也很有魅力呢！

• track 242

32. 安慰

☑상관없어요.

sang.gwa.no*p.sso*.yo.

無所謂。

☑괜찮아요.

gwe*n.cha.na.yo

沒關係。

☑겁먹지 말아요.

go*m.mo*k.jji/ma.ra.yo

別害怕。

☑낙심하지 말아요.

nak.ssim.ha.ji/ma.ra.yo

別灰心。

☑긴장하지 말아요.

gin.jang.ha.ji/ma.ra.yo

別緊張。

☑문제 없어요.

mun.je/o*p.sso*.yo

沒問題。

☑걱정하지 마세요.

go*k.jjo*ng.ha.ji/ma.se.yo

別擔心。

☑신경 쓰지 마세요.

sin.gyo*ng/sseu.ji/ma.se.yo

別擔心。

☑울지 마. 너를 도와 줄게.

ul.ji/ma//no*.reul/do.wa/jul.ge

不要哭，我會幫助你。

☑마음 푸세요.

ma.eum/pu.se.yo

別放在心上。

☑너무 속상해 하지 마세요.

no*.mu/sok.ssang.he*/ha.ji/ma.se.yo

不要太傷心了。

☑네 마음 이해해.

ne/ma.eum/i.he*.he*

我了解你的感受。

33. 關心

☑무슨 일 있었어요?

mu.seun/il/i.sso*.sso*.yo

發生什麼事情嗎?

☑왜 그래요?

we*/geu.re*.yo

怎麼了嗎?

☑천천히 하세요.

cho*n.cho*n.hi/ha.se.yo

慢慢來。

☑너무 무리하지 마세요.

no*.mu/mu.ri.ha.ji/ma.se.yo

別太勉強了。

☑도대체 어떻게 된 거예요?

do.de*.che/o*.do*.ke/dwen/go*.ye.yo

到底怎麼回事?

☑도대체 무슨 일이에요?

do.de*.che/mu.seun/i.ri.e.yo

到底怎麼回事?

☑안색이 안 좋네요.

an.se*.gi/an/jon.ne.yo

你臉色不好呢！

☑다친 데 없어요?

da.chin/de/o*p.sso*.yo

沒受傷吧？

☑어디 아파요?

o*.di/a.pa.yo

你哪裡不舒服嗎？

☑왜 화가 나요?

we*/hwa.ga/na.yo

為什麼生氣呢？

☑너 뭔가 좀 수상해. 무슨 일이 생
겼어?

no*/mwon.ga/jom/su.sang.he*//mu.seun/i.ri/se*ng.
gyo*.sso*

你有點不對勁，發生什麼事嗎？

☑피곤해 보이시네요. 좀 쉴까요?

pi.gon.he*/bo.i.si.ne.yo//jom/swil.ga.yo

您看來很疲倦呢！要休息一下嗎？

• track 246

☑무슨 걱정 있나요?

mu.seun/go*k.jjo*ng/in.na.yo

在擔心什麼事情嗎？

☑오늘 잘 안 풀리는 일 있었나요?

o.neul/jjal/an/pul.li.neun/il/i.sso*n.na.yo

今天有什麼不順利的事情嗎？

☑심각합니까?

sim.ga.kam.ni.ga

很嚴重嗎？

☑무엇이 문제인가요?

mu.o*.si/mun.je.in.ga.yo

哪裡有問題呢？

☑어제 잘 잤어요?

o*.je/jal/jja.sso*.yo

昨天睡得好嗎？

☑무슨 고민이라도 있으십니까?

mu.seun/go.mi.ni.ra.do/i.sseu.sim.ni.ga

有什麼煩惱嗎？

☑왜 울고 있어요? 제가 도울 일이
있어요?

we*/ul.go/i.sso*.yo//je.ga/do.ul/i.ri/i.sso*.yo

為什麼 y 在哭呢？有我可以幫得上忙的地方嗎？

34. 鼓勵

☑화이팅!
hwa.i.ting
加油！

☑내일을 위해 힘내!
ne*.i.reul/wi.he*/him.ne*
為明天加油！

☑정신 좀 차려!
jo*ng.sin/jom/cha.ryo*
打起精神來！

☑다 잘 될 거야.
da/jal/dwel/go*.ya
一切都會好的。

☑희망을 잃지 마세요. 꿈은 꼭 이
루어 질 거예요.
hi.mang.eul/il.chi/ma.se.yo//gu.meun/gok/i.ru.o*/jil/
go*.ye.yo
別失去希望，夢想一定會實現！

☑힘들어도, 기운을 내세요.
him.deu.ro*.do//gi.u.neul/ne*.se.yo
就算辛苦，也要加把勁啊！

☑기운 내자! 파이팅!

gi.un/ne*.ja//pa.i.ting

振作起來，加油！

☑낙관적으로 생각하세요.

nak.gwan.jo*.geu.ro/se*ng.ga.ka.se.yo

樂觀一點吧！

☑미래를 생각하세요.

mi.re*.reul/sse*ng.ga.ka.se.yo

想想自己的未來吧！

☑아직 희망이 있어요.

a.jik/hi.mang.i/i.sso*.yo

還有希望。

☑언젠간 성공하시리라 믿습니다.

o*n.jen.gan/so*ng.gong.ha.si.ri.ra/mit.sseum.ni.da

我相信總有一天你會成功。

☑열심히 노력하면 반드시 좋은 결
과를 얻을 수 있어요.

yo*l.sim.hi/no.ryo*.ka.myo*n/ban.deu.si/jo.eun/
gyo*l.gwa.reul/o*.deul/ssu/i.sso*.yo

認真努力的話，一定可以得到很好的結果。

☑너에겐 내가 있잖아.

no*.e.gen/ne*.ga/it.jja.na

你還有我啊！

☑또 다른 기회가 올거야.

do/da.reun/gi.hwe.ga/ol.go*.ya

還會有其他機會的。

☑용기를 잃지 마세요.

yong.gi.reul/il.chi/ma.se.yo

請不要失去勇氣。

☑항상 힘내고 옆에서 너를 지켜봐
줄게.

hang.sang/him.ne*.go/yo*.pe.so*/no*.reul/jji.kyo*.
bwa/jul.ge

你要加油，我會在旁守護你。

35. 不滿

☑너 많이 늦었네요.

no*/ma.ni/neu.jo*n.ne.yo

你遲到很久耶！

☑약속을 좀 지켜야지.

yak.sso.geul/jjom/ji.kyo*.ya.ji

你該遵守約定。

☑머리 아파 죽겠어.

mo*.ri/a.pa/juk.ge.sso*

頭痛死了。

☑사과해야 할 거 아니야?

sa.gwa.he*.ya/hal/go*/a.ni.ya

你不是該道個歉嗎？

☑너만 싫은 줄 알아?

no*.man/si.reun/jul/a.ra

你以為只有你不願意嗎？

☑너 죽고 싶어?

no*/juk.go/si.po*

你找死啊？

• track 252

☑너 진짜 이럴래?

no*/jin.jja/i.ro*l.le*

你真的要這樣嗎?

☑지금 몇 시야? 왜 이제 와?

ji.geum/myo*t/si.ya//we*/i.je/wa

現在幾點了啊?怎麼現在才來?

☑일찍 좀 오지. 난 여기서 많이 기
다렸는데…

il.jjik/jom/o.ji//nan/yo*.gi.so*/ma.ni/gi.da.ryo*n.
neun.de

你該早點來,我在這裡等很久了…。

☑너는 왜 항상 약속을 안 지키니?

no*.neun/we*/hang.sang/yak.sso.geul/an/ji.ki.ni

你為什麼經常不守約?

☑왜 문자 한 통도 없니?

we*/mun.ja/han/tong.do/o*m.ni

為什麼連封簡訊也沒有?

☑연락이라도 했어야지.

yo*l.la.gi.ra.do/he*.sso*.ya.ji

你該先聯絡我。

☑사 준다고 약속했었잖아요.

sa/jun.da.go/yak.sso.ke*.sso*t.jja.na.yo

你答應我要買給我的。

☑신경 좀 써 주시죠.

sin.gyo*ng/jom/sso*/ju.si.jyo

請您費點心思。

☑이봐, 거기 좀 조용히 해!

i.bwa//go*.gi/jom/jo.yong.hi/he*

喂，那裡安靜一點！

☑너 진짜 나한테 이럴래?

no*/jin.jja/na.han.te/i.ro*l.le*

你真的要對我這樣嗎？

☑너나 잘 해.

no*.na/jal/he*

你管好你自己。

☑뒷북치지 마시오.

dwit.buk.chi.ji/ma.si.o

請別放馬後砲。

☑네가 나한테 어떻게 그럴 수 있니?

ne.ga/na.han.te/o*.do*.ke/geu.ro*l/su/in.ni

你怎麼可以對我那樣？

☑너도 내 입장이 되어봐.

no*.do/ne*/ip.jjang.i/dwe.o*.bwa

你也站在我的立場看看。

☑일을 하려면 제대로 해!

i.reul/ha.ryo*.myo*n/je.de*.ro/he*

要做事，就好好做！

☑제발 나를 괴롭히지 마.

je.bal/na.reul/gwe.ro.pi.ji/ma

拜託不要欺負我。

☑너 때문에 아주 피곤해 죽겠어.

no*/de*.mu.ne/a.ju/pi.gon.he*/juk.ge.sso*

因為你，我快累死了。

☑넌 항상 한 발 늦어.

no*n/hang.sang/han/bal/neu.jo*

你總是晚別人一步。

☑황당하군.

hwang.dang.ha.gun

真荒唐！

☑왜 꼬치꼬치 캐물어?

we*/go.chi.go.chi/ke*.mu.ro*

你幹嘛一直問個不停？

☑그렇게 함부로 말하면 안 되죠.

geu.ro*.ke/ham.bu.ro/mal.ha.myo*n/an/dwe.jyo

你不可以那樣亂說。

☑재촉하지 말아요.

je*.cho.ka.ji/ma.ra.yo

請不要催我。

---

36. 自我介紹

☑저는 대만에서 왔습니다.
jo*.neun/dc*.ma.ne.so*/wat.sseum.ni.da
我從台灣來的。

☑제 이름은 김나나입니다.
je/i.reu.meun/gim.na.na.im.ni.da
我的名字是金娜娜。

☑저는 24살입니다.
jo*.neun/seu.mu.ne.sa.rim.ni.da
我24歲。

☑제 국적은 대만입니다.
je/guk.jjo*.geun/de*.ma.nim.ni.da
我的國籍是台灣。

☑저는 타이베이출신입니다.
jo*.neun/ta.i.be.i.chul.si.nim.ni.da
我來自台北。

☑전 결혼을 했습니다.
jo*n/gyo*l.ho.neul/he*t.sseum.ni.da
我結婚了。

☑전 이혼을 했어요.

jo*n/i.ho.neul/he*.sso*.yo

我離婚了。

☑저는 김영애라고 합니다.

jo*.neun/gi.myo*ng.e*.ra.go/ham.ni.da

我名叫金英愛。

☑저희 가족은 모두 넷이에요.

jo*.hi/ga.jo.geun/mo.du/ne.si.e.yo

我家有四個人。

☑저는 대학생입니다.

jo*.neun/de*.hak.sse*ng.im.ni.da

我是大學生。

☑저는 회사원입니다.

jo*.neun/hwe.sa.wo.nim.ni.da

我是公司職員。

☑저의 성은 "박"씨입니다.

jo*.ui/so*ng.eun/bak.ssi.im.ni.da

我姓朴。

☑저의 고향은 부산입니다.

jo*.ui/go.hyang.eun/bu.sa.nim.ni.da

我的故鄉是釜山。

☑자기소개 할 수 있나요?

ja.gi.so.ge*/hal/ssu/in.na.yo

我能自我介紹一下嗎？

☑제 전공은 국제무역입니다.

je/jo*n.gong.eun/guk.jje.mu.yo*.gim.ni.da

我主修國際貿易。

☑영어는 물론 한국어도 할 수 있습니다.

yo*ng.o*.neun/mul.lon/han.gu.go*.do/hal/ssu/it.sseum.ni.da

不只是英文，我也會講韓文。

☑제 취미는 쇼핑입니다.

je/chwi.mi.neun/syo.ping.im.ni.da

我的興趣是購物。

☑지금은 건축회사에 근무하고 있습니다.

ji.geu.meun/go*n.chu.kwe.sa.e/geun.mu.ha.go/it.sseum.ni.da

現在在建築公司上班。

☑가족은 할머니, 아버지, 어머니, 오빠 그리고 저, 모두 다섯명입니다.

ga.jo.geun/hal.mo*.ni/a.bo*.ji/o*.mo*.ni/o.ba/geu.ri.go/jo*//mo.du/da.so*n.myo*ng.im.ni.da

我家有奶奶、爸爸、媽媽、哥哥和我，總共5個人。

☑저의 집은 타이베이에 있습니다.

jo*.ui/ji.beun/ta.i.be.i.e/it.sseum.ni.da

我家在台北。

☑아직 결혼하지 않았어요. 전 아직 혼자입니다.

a.jik/gyo*l.hon.ha.ji/a.na.sso*.yo//jo*n/a.jik/hon.ja.im.ni.da

我還沒結婚，仍是單身。

☑저희집 형제가 4명입니다.

jo*.hi.jip/hyo*ng.je.ga/ne.myo*ng.im.ni.da

我家有四個兄弟姊妹。

☑형님은 업무원입니다.

hyo*ng.ni.meun/o*m.mu.wo.nim.ni.da

哥哥是業務人員。

☑누나는 간호사입니다.

nu.na.neun/gan.ho.sa.im.ni.da

姊姊是護士。

• track 260

☑저는 경영학과 박미선입니다.

jo*.neun/gyo*ng.yo*ng.hak.gwa/bang.mi.so*.nim.ni.da

我是經營學系的朴美善。

☑처음 뵙겠습니다. 신지영입니다.

cho*.eum/bwep.get.sseum.ni.da//sin.ji.yo*ng.im.ni.da

初次見面，我是申智英。

☑저는 한국에서 온 이홍기입니다.

jo*.neun/han.gu.ge.so*/on/i.hong.gi.im.ni.da

我是從韓國來的李洪基。

☑인사가 늦었습니다. 나채은입니다.

in.sa.ga/neu.jo*t.sseum.ni.da//na.che*.eu.nim.ni.da

打招呼晚了，我是羅彩恩。

☑이번에 같이 일 하게 될 최영아
입니다.

i.bo*.ne/ga.chi/il/ha.ge/dwel/chwe.yo*ng.a.im.ni.da

我是這次一起工作的崔英雅。

37. 喜好

☑이 색깔 좋아하지 않습니다.

i/se*k.gal/jjo.a.ha.ji/an.sseum.ni.da

我不喜歡這個顏色。

☑저는 이 디자인을 좋아합니다.

jo*.neun/i/di.ja.i.neul/jjo.a.ham.ni.da

我喜歡這個設計。

☑어떤 영화를 좋아하십니까?

o*.do*n/yo*ng.hwa.reul/jjo.a.ha.sim.ni.ga

你喜歡什麼樣的電影?

☑어떤 운동을 좋아해요?

o*.do*n/un.dong.eul/jjo.a.he*.yo

你喜歡什麼運動?

☑이런 스타일은 안 좋아해요. 다른 건 없으세요?

i.ro*n/seu.ta.i.reun/an/jo.a.he*.yo//da.reun/go*n/o*p.sseu.se.yo

我不喜歡這種樣式,沒有其他的嗎?

☑특별히 좋아하는 건 있으세요?

teuk.byo*l.hi/jo.a.ha.neun/go*n/i.sseu.se.yo

您有特別喜歡什麼嗎?

38. 購物

☑옷은 어디에서 살 수 있나요?

o.scun/o*.di.e.so*/sal/ssu/in.na.yo

哪裡可以買衣服？

☑여기 치마를 팝니까?

yo*.gi/chi.ma.reul/pam.ni.ga

這裡有賣裙子嗎？

☑다 보여주세요.

da/bo.yo*.ju.se.yo

都給我看看。

☑그 외투를 보여주시겠습니까?

geu/we.tu.reul/bo.yo*.ju.si.get.sseum.ni.ga

可以給我看看那件外套嗎？

☑청바지를 사고 싶어요.

cho*ng.ba.ji.reul/ssa.go/si.po*.yo

我想買牛仔褲。

☑까만색 옷을 찾고 있습니다.

ga.man.se*k/o.seul/chat.go/it.sseum.ni.da

我在找黑色的衣服。

☑입어 봐도 되나요?

i.bo*/bwa.do/dwe.na.yo

可以試穿嗎？

☑가방을 보고 싶은데요.

ga.bang.eul/bo.go/si.peun.de.yo

我想看包包。

☑저는 모자 하나를 사려고 합니다.

jo*.neun/mo.ja/ha.na.reul/ssa.ryo*.go/ham.ni.da

我想買一頂帽子。

☑좀 예쁜 목걸이 있을까요?

jom/ye.beun/mok.go*.ri/i.sseul.ga.yo

有漂亮一點的項鍊嗎？

☑이게 괜찮아요. 값이 얼마요?

i.ge/gwe*n.cha.na.yo//gap.ssi/o*l.ma.yo

這個不錯，多少錢？

☑친구에게 줄 선물을 찾습니다.

chin.gu.e.ge/jul/so*n.mu.reul/chat.sseum.ni.da

我在找送給朋友的禮物。

39. 尺寸大小

☑좀 커요.

jom/ko*.yo

有點大件。

☑신발이 너무 꽉 끼는군요.

sin.ba.ri/no*.mu/gwak/gi.neun.gu.nyo

鞋子太緊了。

☑저는 큰 치수를 입어야 합니다.

jo*.neun/keun/chi.su.reul/i.bo*.ya/ham.ni.da

我必須要穿大號的衣服。

☑사이즈는 얼마인가요?

sa.i.jeu.neun/o*l.ma.in.ga.yo

尺寸多大?

☑한 치수 더 큰 것이 있어요?

han/chi.su/do*/keun/go*.si/i.sso*.yo

有再大一號的嗎?

☑너무 작아요. 제게 맞지 않아요.

no*.mu/ja.ga.yo//je.ge/mat.jji/a.na.yo

太小了,不適合我。

40. 挑選樣式

☑저걸 봐도 되겠습니까?

jo*.go*l/bwa.do/dwe.get.sseum.ni.ga

我可以看那個嗎?

☑이 건 말고 다른 걸 보여주세요.

i/go*n/mal.go/da.reun/go*l/bo.yo*.ju.se.yo

我不要這個,請拿別的給我看。

☑다른 색상이 없어요?

da.reun/se*k.ssang.i/o*p.sso*.yo

沒有其他顏色嗎?

☑이런 종류로 홍색이 있나요?

i.ro*n/jong.nyu.ro/hong.se*.gi/in.na.yo

這種有紅色嗎?

☑저 신발은 좋군요. 보여주시겠어요?

jo*/sin.ba.reun/jo.ku.nyo//bo.yo*.ju.si.ge.sso*.yo

那雙鞋子不錯耶!可以給我看看嗎?

☑좀더 우아한 스타일이 없습니까?

jom.do*/u.a.han/seu.ta.i.ri/o*p.sseum.ni.ga

沒有更優雅一點的樣式嗎?

☑좀 소개해 주세요.

jom/so.ge*.he*/ju.se.yo

請為我介紹。

☑좀더 생각해 보겠습니다.

jom.do*/se*ng.ga.ke*/bo.get.sseum.ni.da

我再想想。

☑이 색깔이 저한테 잘 어울리나요?

i/se*k.ga.ri/jo*.han.te/jal/o*.ul.li.na.yo

這個顏色適合我嗎?

☑흰색으로 주세요.

hin.se*.geu.ro/ju.se.yo

請給我白色。

☑더 섹시한 디자인은 없어요?

do*/sek.ssi.han/di.ja.i.neun/o*p.sso*.yo

沒有更性感一點的設計嗎?

41. 付款

☑이거 얼마예요?

i.go*/o*l.ma.ye.yo

這多少錢？

☑영수증을 주세요.

yo*ng.su.jeung.eul/jju.se.yo

請給我收據。

☑어디에서 계산하나요?

o*.di.e.so*/gye.san.ha.na.yo

到哪結帳？

☑포장해 주세요.

po.jang.he*/ju.se.yo

請幫我包裝。

☑잔돈이 없습니다.

jan.do.ni/o*p.sseum.ni.da

我沒有零錢。

☑신용카드로 지불해도 될까요?

si.nyong.ka.deu.ro/ji.bul.he*.do/dwel.ga.yo

可以使用信用卡付款嗎？

☑이건 세금을 포함된 가격인가요?

i.go*n/se.geu.meul/po.ham.dwen/ga.gyo*.gin.ga.yo

這是包含稅金的價錢嗎？

☑현금으로 지불하겠습니다.

hyo*n.geu.meu.ro/ji.bul.ha.get.sseum.ni.da

我要用現金付款。

☑이 걸로 하겠습니다.

i.go*l.lo/ha.get.sseum.ni.da

我要買這個。

☑계산은 잘못된 것 같은데요.

gye.sa.neun/jal.mot.dwen/go*t/ga.teun.de.yo

我覺得好像計算錯誤。

☑모두 얼마입니까?

mo.du/o*l.ma.im.ni.ga

全部多少錢？

42. 殺價

☑더 싼 것은 없나요?

do*/ssan/go*.seun/o*m.na.yo

沒有更便宜的嗎？

☑더 싸게 해 주세요.

do*/ssa.ge/he*/ju.se.yo

再算便宜一點。

☑깎아 주세요.

ga.ga/ju.se.yo

算便宜一點。

☑좀 비싸네요.

jom/bi.ssa.ne.yo

有點貴呢！

☑몇 프로 세일합니까?

myo*t/peu.ro/se.il.ham.ni.ga

打幾折呢？

☑세일 기간에도 그렇게 비싼가요?

se.il/gi.ga.ne.do/geu.ro*.ke/bi.ssan.ga.yo

打折期間也這麼貴嗎？

43. 賣東西

☑어서 오세요.

o*.so*/o.se.yo

歡迎光臨。

☑무엇을 도와 드릴까요?

mu.o*.seul/do.wa/deu.ril.ga.yo

有什麼需要幫忙的嗎?

☑천천히 구경하세요.

cho*n.cho*n.hi/gu.gyo*ng.ha.se.yo

慢慢看。

☑싸게 드릴게요. 하나 사세요.

ssa.ge/deu.ril.ge.yo//ha.na/sa.se.yo

我算您便宜一點,買一個吧!

☑뭘 찾으신 것은 없으세요?

mwol/cha.jeu.sin/go*.seun/o*p.sseu.se.yo

您有要找的嗎?

☑이 유형은 마음에 드세요?

i/yu.hyo*ng.eun/ma.eu.me/deu.se.yo

這類型您滿意嗎?

☑사이즈는 얼마로 드릴까요?

sa.i.jeu.neun o*l.ma.ro deu.ril.ga.yo

要幫您拿幾號呢？

☑손님과 아주 잘 어울리십니다.

son.nim.gwa/a.ju/jal/o*.ul.li.sim.ni.da

和客人您很相配。

☑이것은 최신 유행상품입니다. 한 번 보시죠.

i.go*.seun/chwe.sin/yu.he*ng.sang.pu.mim.ni.da//
han.bo*n/bo.si.jyo

這是最新的流行商品，請您看看。

☑어떤 색깔을 좋아하세요?

o*.do*n/se*k.ga.reul/jjo.a.ha.se.yo

您喜歡哪種顏色呢？

☑죄송합니다. 다른 사이즈가 없습니다.

jwe.song.ham.ni.da//da.reun/sa.i.jeu.ga/o*p.sseum.
ni.da

不好意思，沒有其他的尺寸。

☑이것이 새로 나온 제품입니다.

i.go*.si/se*.ro/na.on/je.pu.mim.ni.da

這是新上市的產品。

44. 意願、希望

☑케이크를 먹고 싶습니다.

ke.i.keu.reul/mo*k.go/sip.sseum.ni.da

想吃蛋糕。

☑한번 입어보고 싶은데요.

han.bo*n/i.bo*.bo.go/si.peun.de.yo

想穿穿看。

☑이 가방을 사고 싶어요.

i/ga.bang.eul/ssa.go/si.po*.yo

我想買這個包包。

☑자고 싶어요.

ja.go/si.po*.yo

我想睡覺。

☑사진을 찍을까 해요.

sa.ji.neul/jji.geul.ga/he*.yo

想拍張照。

☑제가 낼게요.

je.ga/ne*l.ge.yo

我出錢。

☑제가 책임을 지겠습니다.

je.ga/che*.gi.meul/jji.get.sseum.ni.da

我來負責。

☑저는 선생님이 되고 싶어요.

jo*.neun/so*n.se*ng.ni.mi/dwe.go/si.po*.yo

我想成為老師。

☑제가 하겠습니다.

je.ga/ha.get.sseum.ni.da

我來做。

☑많이 참석하시기 바랍니다.

ma.ni/cham.so*.ka.si.gi/ba.ram.ni.da

希望大家能多多參與。

☑이 선물을 안 살래요.

i/so*n.mu.reul/an/sal.le*.yo

我不買這個禮物。

☑내일부터 꼭 갈거야.

ne*.il.bu.to*/gok/gal.go*.ya

明天起我一定會去。

☑많은 용돈을 받았으면 좋겠다.

ma.neun/yong.do.neul/ba.da.sseu.myo*n/jo.ket.da

希望拿到很多零用錢。

☑이번에는 정말 잘 됐으면 좋겠어
요.

i.bo*.ne.neun/jo*ng.mal/jjal/dwe*.sseu.myo*n/jo.
ke.sso*.yo

希望這次真的能順利。

☑시간이 멈췄으면 좋겠어요.

si.ga.ni/mo*m.chwo.sseu.myo*n/jo.ke.sso*.yo

希望時間能停止。

☑아이들이 건강하게 자랐으면 좋
겠어요.

a.i.deu.ri/go*n.gang.ha.ge/ja.ra.sseu.myo*n/jo.ke.
sso*.yo

希望孩子們能健康長大。

45. 遇到困難

☑위험해요 !
wi.ho*m.he*.yo
危險！

☑큰일 났어요!
keu.nil/na.sso*.yo
糟了！

☑지금은 위급한 상황입니다.
ji.geu.meun/wi.geu.pan/sang.hwang.im.ni.da
這是緊急情況。

☑누군가 제 지갑을 훔쳐 갔습니다.
nu.gun.ga/je/ji.ga.beul/hum.cho*/gat.sseum.ni.da
有人把我的錢包偷走了。

☑제 차는 고장났습니다.
je/cha.neun/go.jang.nat.sseum.ni.da
我的車子壞掉了。

☑제 방 열쇠를 잃어버렸어요.
je/bang/yo*l.swe.reul/i.ro*.bo*.ryo*.sso*.yo
我房間的鑰匙不見了。

☑막차를 놓쳤어요. 어떡하죠?

mak.cha.reul/not.cho*.sso*.yo//o*.do*.ka.jyo

我錯過末班車了，怎麼辦？

☑살려주세요.

sal.lyo*.ju.se.yo

救命！

☑교통사고를 당했어요.

gyo.tong.sa.go.reul/dang.he*.sso*.yo

我發生車禍了。

☑저는 수영 못 해요. 어떡해요?

jo*.neun/su.yo*ng/mot/he*.yo//o*.do*.ke*.yo

我不會游泳，怎麼辦？

46. 徵求許可

☑사전을 좀 빌릴 수 있을까요?

sa.jo*.neul/jjom/bil.lil/su/i.sseul.ga.yo

可以借我字典嗎？

☑이것이 허용됩니까?

i.go*.si/ho*.yong.dwem.ni.ga

這被允許嗎？

☑여기서 놀아도 됩니까?

yo*.gi.so*/no.ra.do/dwem.ni.ga

可以在這裡玩嗎？

☑담배 좀 피워도 괜찮습니까?

dam.be*/jom/pi.wo.do/gwe*n.chan.sseum.ni.ga

可以抽菸嗎？

☑들어가도 돼요?

deu.ro*.ga.do/dwe*.yo

可以進去嗎？

☑솔직히 말해도 돼요?

sol.jji.ki/mal.he*.do/dwe*.yo

我可以老實說嗎？

☑이제 가도 되죠?

i.je/ga.do/dwe.jyo

我現在可以走了吧？

☑다 가져가도 돼죠?

da/ga.jo*.ga.do/dwe*.jyo

可以全部拿走吧？

☑집에서 쉬어도 됩니까?

ji.be.so*/swi.o*.do/dwem.ni.ga

可以在家休息嗎？

☑출근 안 해도 괜찮아요?

chul.geun/an/he*.do/gwe*n.cha.na.yo

不去上班也沒關係嗎？

☑여기 앉아도 괜찮을까요?

yo*.gi/an.ja.do/gwe*n.cha.neul.ga.yo

可以做在這裡嗎？

☑신용카드로 지불해도 돼요?

si.nyong.ka.deu.ro/ji.bul.he*.do/dwe*.yo

可以用信用卡支付嗎？

47. 清楚、懂

☑알겠습니다.

al.get.sseum.ni.da

我明白了。

☑알았어요.

a.ra.sso*.yo

我知道了。

☑조금 알아요.

jo.geum/a.ra.yo

會一點。

☑말 안해도 알아요.

mal/an.he*.do/a.ra.yo

你不說我也知道。

☑당신 뜻을 잘 이해해요.

dang.sin/deu.seul/jjal/i.he*.he*.yo

我懂你的意思。

☑그는 어디 있는지 아세요?

geu.neun/o*.di/in.neun.ji/a.se.yo

你知道他在哪裡嗎？

• track 280

48. 不懂、不會

☑몰라요.
mol.la.yo
不知道。

☑조금밖에 못해요.
jo.geum.ba.ge/mo.te*.yo
只會一點點。

☑잘 모르겠어요.
jal/mo.reu.ge.sso*.yo
不清楚。

☑무슨 뜻이에요?
mu.seun/deu.si.e.yo
什麼意思？

☑이해가 안 돼요.
i.he*.ga/an/dwe*.yo
我不懂。

☑정말 이해 못하겠어요.
jo*ng.mal/i.he*/mo.ta.ge.sso*.yo
難以理解。

☑그건 무엇인지 모르겠습니다.

geu.go*n/mu.o*.sin.ji/mo.reu.get.sseum.ni.da

我不知道那是什麼。

☑정말 몰라.

jo*ng.mal/mol.la

真的不知道。

☑선생님이 어디에 계신지 모르겠
습니다.

so*n.se*ng.ni.mi/o*.di.e/gye.sin.ji/mo.reu.get.
sseum.ni.da

我不知道老師在哪裡。

☑정말 이럴 줄 몰랐어요.

jo*ng.mal/i.ro*l/jul/mol.la.sso*.yo

我真不知道會這樣。

☑이걸 사용하는 방법을 잘 모릅니
다.

i.go*l/sa.yong.ha.neun/bang.bo*.beul/jjal/mo.reum.
ni.da

我不太清楚這個的使用方法。

☑그곳에 대해 잘 모릅니다.

geu.go.se/de*.he*/jal/mo.reum.ni.da

那裡我不清楚。

---

49. 感覺

☑좋아해요.

jo.a.he*.yo

喜歡。

☑좋아하지 않아요.

jo.a.ha.ji/a.na.yo

不喜歡。

☑싫어요.

si.ro*.yo

不喜歡。

☑미워요.

mi.wo.yo

討厭。

☑좋아요.

jo.a.yo

好。

☑나빠요.

na.ba.yo

壞。

☑재미있어요.

je*.mi.i.sso*.yo

有趣。

☑별로 재미 없어요.

byo*l.lo/je*.mi/o*p.sso*.yo

沒意思。

☑싫증이 났어요.

sil.cheung.i/na.sso*.yo

厭煩了。

☑죄책감이 느껴져요.

jwe.che*k.ga.mi/neu.gyo*.jo*.yo

感到內疚。

☑느낌이 어때?

neu.gi.mi/o*.de*

感覺如何？

☑갑자기 슬픈 느낌이 들어요.

gap.jja.gi/seul.peun/neu.gi.mi/deu.ro*.yo

突然有種難過的感覺。

☑너무 촌스러워요.

no*.mu/chon.seu.ro*.wo.yo

好俗氣。

☑느낌이 오는데.

neu.gi.mi/o.neun.de

感覺來了。

☑생각보다 별로인데요.

se*ng.gak.bo.da/byo*l.lo.in.de.yo

比想像得還差。

☑느낌이 좀 이상해.

neu.gi.mi/jom/i.sang.he*

感覺有點奇怪。

☑뭐가 느껴져요?

mwo.ga/neu.gyo*.jo*.yo

感覺到什麼嗎?

50. 爭吵

☑그만해!
geu.man.he*
夠了！

☑나를 건드리지 마.
na.reul/go*n.deu.ri.ji/ma
不要惹我！

☑너, 약 잘못 먹었니?
no*///yak/jal.mot/mo*.go*n.ni
你吃錯藥啦？

☑잔소리 하지 마세요.
jan.so.ri/ha.ji/ma.se.yo
別囉嗦！

☑이건 농담이 아니에요.
i.go*n/nong.da.mi/a.ni.e.yo
這不是在開玩笑。

☑더 이상 못 참겠어요.
do*/i.sang/mot/cham.ge.sso*.yo
我再也受不了了。

☑알면서 왜 물어요?

al.myo*n.sso*/we*/mu.ro*.yo

明明知道幹嘛還問?

☑됐어. 얘기 그만해.

dwe*.sso*//ye*.gi/geu.man.he*

算了,別説了。

☑말 조심해요!

mal/jjo.sim.he*.yo

説話注意一點!

☑이게 무슨 소리예요?

i.ge/mu.seun/so.ri.ye.yo

這是什麼話?

☑나랑 싸울래?

na.rang/ssa.ul.le*

你要打架嗎?

☑이게 무슨 짓이야?

i.ge/mu.seun/ji.si.ya

你在做什麼?

☑후회할 거예요.

hu.hwe.hal/go*.ye.yo

你會後悔的。

☑끼어들지 마세요.

gi.o*.deul.jji/ma.se.yo

你不要插手。

☑넌 진짜 나쁜 자식이야!

no*n/jin.jja/na.beun/ja.si.gi.ya

你真是個渾蛋！

☑다시는 내 눈앞에 나타나지 마.

da.si.neun/ne*/nu.na.pe/na.ta.na.ji/ma

再也不要出現在我面前。

☑한번 봐줄게요.

han.bo*n/bwa.jul.ge.yo

放你一馬。

☑내가 뭐 잘못한 거 있어?

ne*.ga/mwo/jal.mo.tan/go*/i.sso*

我做錯什麼嗎？

☑너 지금 까불고 있는 거니?

no*/ji.geum/ga.bul.go/in.neun/go*.ni

你在胡鬧嗎？

☑네가 먼저 시작했잖아!

ne.ga/mo*n.jo*/si.ja.ke*t.jja.na

明明就你先開始的！

☑ 넌 배신자다.

no*n/be*.sin.ja.da

你是叛徒。

☑ 내가 만만하게 보여?

ne*.ga/man.man.ha.ge/bo.yo*

我看起來好欺負嗎？

☑ 넌 사람도 아니야.

no*n/sa.ram.do/a.ni.ya

你根本不是人。

51. 解釋

☑그런 일은 절대 없어요.

geu.ro*n/i.reun/jo*l.de*/o*p.sso*.yo

絕對沒有這種事。

☑제발 오해하지 마세요.

je.bal/o.he*.ha.ji/ma.se.yo

請不要誤會。

☑전 할 말이 있습니다.

jo*n/hal/ma.ri/it.sseum.ni.da

我有話要説。

☑아직도 저를 못 믿는 거예요?

a.jik.do/jo*.reul/mot/min.neun/go*.ye.yo

現在還不相信我嗎？

☑그런 뜻이 아니에요.

geu.ro*n/deu.si/a.ni.e.yo

我不是那個意思。

☑오해하지 마. 네들이 생각하는 그 런게 아니야.

o.he*.ha.ji/ma//ne.deu.ri/se*ng.ga.ka.neun/geu.ro*n.ge/a.ni.ya

別誤會，不是你們所想的那樣。

☑너 완전히 오해했구나!

no*/wan.jo*n.hi/o.he*.he*t.gu.na

你完全誤會了。

☑일부러 한 거 아니에요.

il.bu.ro*/han/go*/a.ni.e.yo

我不是故意的。

☑나를 못 믿어? 난 그런 사람이 아니잖아.

na.reul/mot/mi.do*//nan/geu.ro*n/sa.ra.mi/a.ni.ja.na

不相信我嗎？我不是那種人嘛！

☑난 절대 아니야.

nan/jo*l.de*/a.ni.ya

絕對不是我。

52. 考慮

☑좀 더 생각해 볼게요.

jom/do*/se*ng.ga.ke*/bol.ge.yo

我再考慮一下。

☑아직 생각 중이야.

a.jik/se*ng.gak/jung.i.ya

還在考慮。

☑아직도 결정을 하지 못했어요.

a.jik.do/gyo*l.jo*ng.eul/ha.ji/mo.te*.sso*.yo

我還沒決定。

☑생각할 시간이 필요합니다.

se*ng.ga.kal/ssi.ga.ni/pi.ryo.ham.ni.da

需要思考的時間。

☑신중히 고려해야 돼요.

sin.jung.hi/go.ryo*.he*.ya/dwe*.yo

必須慎重考慮。

☑전 회사를 그만둘까 고려 중입니다.

jo*n/hwe.sa.reul/geu.man.dul.ga/go.ryo*/jung.im.ni.da

我正在考慮要不要辭掉工作。

53. 聽不懂對方的話

☑ 이게 무슨 뜻이죠?

i.ge/mu.seun/deu.si.jyo

這是什麼意思？

☑ 죄송해요. 잘 이해를 못하겠어요.

jwe.song.he*.yo//jal/i.he*.reul/mo.ta.ge.sso*.yo

對不起，我不太懂你的意思。

☑ 천천히 말씀해 주시겠어요?

cho*n.cho*n.hi/mal.sseum.he*/ju.si.ge.sso*.yo

可以説慢一點嗎？

☑ 잘 못 알아들었습니다.

jal/mot/a.ra.deu.ro*t.sseum.ni.da

我聽不太懂。

☑ 못 알아듣겠는데요.

mot/a.ra.deut.gen.neun.de.yo

我聽不懂。

☑ 다시 한번 말해 주시겠어요?

da.si/han.bo*n/mal.he*/ju.si.ge.sso*.yo

你可以再説一次嗎？

☑제 말을 알아들으셨나요?

je/ma.reul/a.ra.deu.reu.syo*n.na.yo

您聽得懂我說的話嗎？

☑미안하지만 다시 한번 말씀해 주
시겠습니까?

mi.an.ha.ji.man/da.si/han.bo*n/mal.sseum.he*/ju.si.
get.sseum.ni.ga

對不起，請您再講一次。

☑한국어를 할 줄 몰라요.

han.gu.go*.reul/hal/jjul/mol.la.yo

我不會講韓文。

☑제가 외국사람이에요. 못 알아들
어요.

je.ga/we.guk.ssa.ra.mi.e.yo//mot/a.ra.deu.ro*.yo

我是外國人，聽不懂。

☑설명은 영어로 해주시겠어요?

so*l.myo*ng.eun/yo*ng.o*.ro/he*.ju.si.ge.sso*.yo

可以用英文解說嗎？

☑저는 중국어를 할 줄 아는 가이
드를 구하려고 합니다.

jo*.neun/jung.gu.go*.reul/hal/jjul/a.neun/ga.i.deu.
reul/gu.ha.ryo*.go/ham.ni.da

我想請位會説中文的導遊。

☑방금 뭐라고 말씀하셨습니까?

bang.geum/mwo.ra.go/mal.sseum.ha.syo*t.sseum.ni.ga

您剛才説什麼？

☑잘 안 들립니다.

jal/an/deul.lim.ni.da

我聽不清楚。

☑전혀 안 들려요.

jo*n.hyo*/an/deul.lyo*.yo

完全聽不見。

☑큰 소리로 얘기해 주세요.

keun/so.ri.ro/ye*.gi.he*/ju.se.yo

請講大聲一點。

☑여기에 한자로 써 주시겠어요?

yo*.gi.e/han.ja.ro/sso*/ju.si.ge.sso*.yo

可以在這裡寫漢字嗎？

☑무슨 뜻인지 잘 모르겠어요.

mu.seun/deu.sin.ji/jal/mo.reu.ge.sso*.yo

不知道那是什麼意思。

54. 決定

☑난 결정했다.

nan/gyo*l.jo*ng.he*t.da

我決定了！

☑이혼을 결정했어요.

i.ho.neul/gyo*l.jo*ng.he*.sso*.yo

決定要離婚。

☑저는 바로 결정했습니다.

jo*.neun/ba.ro/gyo*l.jo*ng.he*t.sseum.ni.da

我馬上就決定了。

☑나는 영화를 보러 가기로 했다.

na.neun/yo*ng.hwa.reul/bo.ro*/ga.gi.ro/he*t.da

我決定要去看電影。

☑저는 다이어트를 하기로 했어요.

jo*.neun/da.i.o*.teu.reul/ha.gi.ro/he*.sso*.yo

我決定要減肥。

☑남자친구와 헤어지기로 결심했어요.

nam.ja.chin.gu.wa/he.o*.ji.gi.ro/gyo*l.sim.he*.sso*.yo

我決定要和男朋友分手。

55. 同意

☑저도 동의해요.

jo*.do/dong.ui.he*.yo

我也同意。

☑저도 그렇게 생각해요.

jo*.do/geu.ro*.ke/se*ng.ga.ke*.yo

我也是這樣認為。

☑나쁜 생각이 아니네요.

na.beun/se*ng.ga.gi/a.ni.ne.yo

這主意不錯。

☑그거 좋은 생각이에요.

geu.go*/jo.eun/se*ng.ga.gi.e.yo

真是個好主意。

☑저는 찬성합니다.

jo*.neun/chan.so*ng.ham.ni.da

我贊成。

☑그 것에 대해 전 반대하지 않습
니다.

geu/go*.se/de*.he*/jo*n/ban.de*.ha.ji/an.sseum.ni.da

我不反對那件事。

56. 失望、難過

☑정말 아쉽네요.

jo*ng.mal/a.swim.ne.yo

真可惜！

☑너무 슬퍼요!

no*.mu/seul.po*.yo

很難過。

☑내 자신에게 너무 실망스러워.

ne*/ja.si.ne.ge/no*.mu/sil.mang.seu.ro*.wo

我對自己很失望。

☑난 너무 실망스러웠다.

nan/no*.mu/sil.mang.seu.ro*.wot.da

我很失望。

☑나 회사에서 짤렸다.

na/hwe.sa.e.so*/jjal.lyo*t.da

我被公司炒魷魚了。

☑기말 시험을 망쳤어.

gi.mal/ssi.ho*.meul/mang.cho*.sso*

期末考考砸了。

☑전 바람 맞았어요.

jo*n/ba.ram/ma.ja.sso*.yo

我被放鴿子了。

☑그를 생각하면 가슴이 아프다.

geu.reul/sse*ng.ga.ka.myo*n/ga.seu.mi/a.peu.da

一想到他，就心痛。

☑나는 이런 결과를 원하지 않아.

na.neun/i.ro*n/gyo*l.gwa.reul/won.ha.ji/a.na

我不要這種結果。

☑더 이상 희망은 없어요.

do*/i.sang/hi.mang.eun/o*p.sso*.yo

再也沒希望了。

☑당신을 실망 시켜서 미안해요.

dang.si.neul/ssil.mang/si.kyo*.so*/mi.an.he*.yo

讓您失望了，對不起。

• track 300

57. 忙碌

☑난 바빠.

nan/ba.ba

我很忙。

☑너 많이 바쁘니?

no*/ma.ni/ba.beu.ni

你很忙嗎?

☑내일 많이 바쁘세요?

ne*.il/ma.ni/ba.beu.se.yo

明天你很忙嗎?

☑난 정신없이 바빴어.

nan/jo*ng.si.no*p.ssi/ba.ba.sso*

我忙得團團轉。

☑눈 코 뜰 새 없이 바빴어요.

nun/ko/deul/sse*/o*p.ssi/ba.ba.sso*.yo

忙得連休息的時間也沒有。

☑전 쉬는 시간도 없어요.

jo*n/swi.neun/si.gan.do/o*p.sso*.yo

我連休息的時間也沒有。

58. 邀請他人

☑술 한 잔 할까요?

sul/han/jan/hal.ga.yo

要一起喝一杯嗎？

☑모임에 참석할 수 있나요?

mo.i.me/cham.so*.kal/ssu/in.na.yo

你可以來參加聚會嗎？

☑같이 영화 보러 갈까요?

ga.chi/yo*ng.hwa/bo.ro*/gal.ga.yo

要不要一起去看電影？

☑내 생일 파티에 올 거지?

ne*/se*ng.il/pa.ti.e/ol/go*.ji

你會來參加我的生日宴會吧？

☑시간이 있으면 같이 점심식사 합
시다.

si.ga.ni/i.sseu.myo*n/ga.chi/jo*m.sim.sik.ssa/hap.
ssi.da

你有時間的話，一起吃午餐吧！

☑혹시 시간이 되면 저랑 같이 벗
꽃구경하러 갈래요?

hok.ssi/si.ga.ni/dwe.myo*n/jo*.rang/ga.chi/bo*t.
got.gu.gyo*ng.ha.ro*/gal.le*.yo

如果你有時間，要和我一起去賞櫻花嗎？

Chapter 3

特殊詞彙

漢字音詞彙

간단 簡單	gan.dan
관중 觀眾	gwan.jung
농부 農夫	nong.bu
단순 單純	dan.sun
잡지 雜誌	jap.jji
포도 葡萄	po.do
대화 對話	de*.hwa
동감 同感	dong.gam
만세 萬歲	man.se
특가 特價	teuk.ga

만화 漫畫	man.hwa
홍차 紅茶	hong.cha
화장 化妝	hwa.jang
복잡 複雜	bok.jjap
부장 部長	bu.jang
시 詩	si
산 山	san
당시 當時	dang.si
당장 當場	dang.jang
대답 對答	de*.dap
무공 武功	mu.gong

무능 無能	mu.neung
무대 舞臺	mu.de*
신문 新聞	sin.mun

常見外來語

노트
筆記 (note)
no.teu

드라마
連續劇 (drama)
deu.ra.ma

디자인
設計 (design)
di.ja.in

라디오
收音機 (radio)
ra.di.o

레스토랑
西式餐廳 (restaurant)
re.seu.to.rang

리본
絲帶 (ribbon)
ri.bon

립스틱
口紅 (lipstick)
rip.sseu.tik

마라톤
馬拉松 (marathon)
ma.ra.ton

마우스
滑鼠 (mouse)
ma.u.seu

메뉴
菜單 (menu)
me.nyu

메모 記錄 (memo)	me.mo
메시지 信息 (message)	me.si.ji
바나나 香蕉 (banana)	ba.na.na
버스 公車 (bus)	bo*.seu
빌딩 大樓 (building)	bil.ding
사이다 汽水 (cider)	sa.i.da
사인 簽名 (sign)	sa.in
샤워 淋浴 (shower)	sya.wo
서비스 服務 (service)	so*.bi.seu
소파 沙發 (sofa)	so.pa
쇼핑 購物 (Shopping)	syo.ping

선글라스	so*n.geul.la.seu
太陽眼鏡 （sunglasses）	

슈퍼마켓	syu.po*.ma.ket
超級市場 （supermarket）	

스트레스	seu.teu.re.seu
壓力 （streess）	

스포츠	seu.po.cheu
運動 （sports）	

스타	seu.ta
明星 （star）	

오토바이	o.to.ba.i
摩托車 （motorbike）	

이메일	i.me.il
電子郵件 （E-mail）	

주스	ju.seu
果汁 （juice）	

초콜릿	cho.kol.lit
巧克力 （chocolate）	

카드	ka.deu
卡片 （card）	

카메라	ka.me.ra
照相機 （camera）	

커피 咖啡 (coffee)	ko*.pi
컴퓨터 電腦 (computer)	ko*m.pyu.to*
컵 杯子 (cup)	ko*p
케이크 蛋糕 (cake)	ke.i.keu

韓語疊字

깜깜하다 黑漆漆	gam.gam.ha.da
꼼꼼하다 仔細	gom.gom.ha.da
넉넉하다 足夠	no*ng.no*.ka.da
녹녹하다 濕潤	nong.no.ka.da
단단하다 堅硬	dan.dan.ha.da
답답하다 煩悶	dap.da.pa.da
든든하다 堅固	deun.deun.ha.da
똑똑하다 聰明	dok.do.ka.da
뚱뚱하다 胖胖的	dung.dung.ha.da
막막하다 茫然	mang.ma.ka.da

만만하다 好欺負	man.man.ha.da
생생하다 活生生	se*ng.se*ng.ha.da
섭섭하다 捨不得	so*p.sso*.pa.da
심심하다 無聊	sim.sim.ha.da
쌀쌀하다 涼颼颼的	ssal.ssal.ha.da
씩씩하다 強壯、勇敢的	ssik.ssi.ka.da
출출하다 有點餓	chul.chul.ha.da
축축하다 潮濕	chuk.chu.ka.da
잔잔하다 平靜	jan.jan.ha.da

韓語擬聲辭

꼬끼오
go.gi.o
雞叫聲

똑똑
dok.do.gm
敲門聲、水滴聲

멍멍
mo*ng.mo*ng
狗叫聲

야옹야옹
ya.ong.ya.ong
貓叫聲

음메
eum.me
牛叫聲

콜록콜록
kol.lok.kol.lok
咳嗽聲

따르릉
da.reu.reung
電話鈴聲

삐약삐약
bi.yak.bi.yak
小雞叫聲

째각째각
jje*.gak.jje*.gak
時鐘轉動聲

짹짹짹
jje*k.jje*k.jje*k
小鳥叫聲

쟁그랑   jje*ng.geu.rang
摔破東西的聲音

빵빵   bang.bang
汽車喇叭聲

땡땡땡   de*ng.de*ng.de*ng
鬧鐘聲

꼬르륵   go.reu.reuk
肚子餓的聲音

덜컹덜컹   do*l.ko*ng.do*l.ko*ng
大型車輛行駛的聲音

펑   po*ng
爆炸聲

쌩   sse*ng
風聲

풍덩   pung.do*ng
東西掉入水裡的聲音

개굴개굴   ge*.gul.ge*.gul
青蛙叫聲

찍찍   jjik.jjik
老鼠叫聲

어흥   o*.heung
老虎叫聲

매 매 羊叫聲	me*.me*
꿀꿀 豬叫聲	gul.gul
꽥꽥 鴨叫聲	gwe*k.gwe*k
드르렁 打鼾的聲音	deu.reu.ro*ng
엉엉 哭的聲音	o*ng.o*ng
칙칙폭폭 蒸氣火車行駛的聲音	chik.chik.pok.pok
쿵쿵 心跳聲	kung.kung
냠냠 小孩子吃東西的聲音	nyam.nyam
꿀꺽꿀꺽 吞嚥的聲音	gul.go*k.gul.go*k

韓語擬態辭

반짝반짝
ban.jjak.ban.jjak
閃爍的樣子

빙글빙글
bing.geul.bing.geul
不停轉圈的樣子

뻘뻘
bo*l.bo*l
流汗的樣子

끄덕끄덕
geu.do*k.geu.do*k
頻頻點頭的樣子

비틀비틀
bi.teul.bi.teul
走路歪歪斜斜的樣子

살금살금
sal.geum.sal.geum
偷偷摸摸、悄悄地樣子

흔들흔들
heun.deul.heun.deul
搖搖晃晃的樣子

보글보글
bo.geul.bo.geul
水滾的樣子

깜박깜박
gam.bak.gam.bak
閃閃爍爍的樣子

모락모락
mo.rang.mo.rak
煙氣裊裊上升的樣子

알록달록 花花綠綠的樣子	al.lok.dal.lok
뒤죽박죽 亂七八糟的樣子	dwi.juk.bak.jjuk
꾸깃꾸깃 皺巴巴的樣子	gu.git.gu.git
들쑥날쑥 參差不齊的樣子	deul.ssung.nal.ssuk
훌훌 翩翩飛翔的樣子	hul.hul
허둥지둥 慌忙的樣子	ho*.dung.ji.dung
펄펄 水滾的樣子	po*l.po*l
차곡차곡 整齊的樣子	cha.gok.cha.gok
오들오들 害怕發抖的樣子	o.deu.ro.deul
주룩주룩 下雨的樣子	ju.ruk.jju.ruk
슬슬 輕輕地樣子	seul.sseul

常用慣用語

마음에 들다   ma.eu.me/deul.da
中意、喜歡

마음을 먹다   ma.eu.meul/mo*k.da
下定決心

눈이 높다   nu.ni/nop.da
眼光高

입이 무겁다   i.bi/mu.go*p.da
口風緊

입이 가볍다   i.bi/ga.byo*p.da
嘴快、不守密

손을 보다   so.neul/bo.da
修理

귀가 얇다   gwi.ga/yap.da
耳根子軟

미역국을 먹다   mi.yo*k.gu.geul/mo*k.da
落榜

나이 먹다   na.i/mo*k.da
上年紀

귀가 먹다   gwi.ga/mo*k.da
重聽

• track 318

애를 먹다
e*.reul/mo*k.da
費心

욕을 먹다
yo.geul/mo*k.da
受辱、挨罵

발이 넓다
ba.ri/no*p.da
人際關係良好

바람맞다
ba.ram.mat.da
被放鴿子

가슴이 타다
ga.seu.mi/ta.da
心急如焚

걱정이 태산이다
go*k.jjo*ng.i/te*.sa.ni.da
要操心的事情很多

국물도 없다
gung.mul.do/o*p.da
一點好處也得不到

굴뚝 같다
gul.duk/gat.da
焦急盼望

귀가 가렵다
gwi.ga/ga.ryo*p.da
覺得有人在談論自己

기가 막히다
gi.ga/ma.ki.da
生氣、錯愕

꼬리를 치다
go.ri.reul/chi.da
搖尾巴、討好

눈에 가시　　　　nu.ne/ga.si
眼中的刺、眼中釘

다리를 놓다　　　da.ri.reul/no.ta
架橋、建立關係

마음을 놓다　　　ma.eu.meul/no.ta
放心

政治用語

정치 政治	jo*ng.chi
국가 國家	guk.ga
주권 主權	ju.gwon
정당 政黨	jo*ng.dang
야당 在野黨	ya.dang
여당 執政黨	yo*.dang
양당제 兩黨制	yang.dang.je
민주 民主	min.ju
정부 政府	jo*ng.bu
정책 政策	jo*ng.che*k

의회 議會	ui.hwe
대통령 總統	de*.tong.nyo*ng
민주주의 民主主義	min.ju.ju.ui
자본주의 資本主義	ja.bon.ju.ui
공산주의 共產主義	gong.san.ju.ui
사회주의 社會主義	sa.hwe.ju.ui
선거하다 選舉	so*n.go*.ha.da
투표하다 投票	tu.pyo.ha.da
당선되다 當選	dang.so*n.dwe.da
낙선하다 落選	nak.sso*n.ha.da
기권하다 棄權	gi.gwon.ha.da

法律用語

법률 法律	bo*m.nyul
법원 法院	bo*.bwon
민법 民法	min.bo*p
형법 刑法	hyo*ng.bo*p
재판 審判	je*.pan
소송 訴訟	so.song
공소 公訴	gong.so
승소 勝訴	seung.so
패소 敗訴	pe*.so
증거 證據	jeung.go*

용의자 嫌疑犯	yong.ui.ja
주범 主犯	ju.bo*m
증인 證人	jeung.in
법관 法官	bo*p.gwan
변호사 律師	byo*n.ho.sa
검사 檢察官	go*m.sa
혐의 嫌疑	hyo*.mui
징역 徒刑	jing.yo*k
감옥 監獄	ga.mok
판결 判決	pan.gyo*l
지냉수배 通緝	ji.myo*ng.su.be*

經濟用語

| 경제 | gyo*ng.je |
| 經濟 | |

| 호황 | ho.hwang |
| 景氣 | |

| 불황 | bul.hwang |
| 不景氣 | |

| 경기회복 | gyo*ng.gi.hwe.bok |
| 景氣復甦 | |

| 경기침체 | gyo*ng.gi.chim.che |
| 經濟衰退 | |

| 거품경제 | go*.pum.gyo*ng.je |
| 泡沫經濟 | |

| 외환시장 | we.hwan.si.jang |
| 外匯市場 | |

| 인플레이션 | in.peul.le.i.syo*n |
| 通貨膨脹 | |

| 디플레이션 | di.peul.le.i.syo*n |
| 通貨緊縮 | |

| 금융위기 | geu.myung.wi.gi |
| 金融危機 | |

물가가 오르다	mul.ga.ga/o.reu.da
物價上漲	

물가가 내리다	mul.ga.ga/ne*.ri.da
物價下跌	

무역적자	mu.yo*k.jjo*k.jja
貿易赤字	

무역흑자	mu.yo*.keuk.jja
貿易順差	

투자	tu.ja
投資	

채권	che*.gwon
債券	

수요	su.yo
需求	

공급	gong.geup
供給	

주식	ju.sik
股票	

증권	jeung.gwon
證券	

배당	be*.dang
紅利	

連日本小學生都會的基礎單字

這些單字連日本小學生都會念

精選日本國小課本單字

附上實用例句

讓您一次掌握閱讀及會話基礎

我的菜日文【快速學會 50 音】

超強中文發音輔助 快速記憶 50 音

最豐富的單字庫 最實用的例句集

日文 50 音立即上手

日本人最想跟你聊的 30 種話題

精選日本人聊天時最常提到的各種話題

了解日本人最想知道什麼

精選情境會話及實用短句

擴充單字及會話語庫

讓您面對各種話題，都能侃侃而談

這句日語你用對了嗎

擺脫中文思考的日文學習方式

列舉台灣人學日文最常混淆的各種用法

讓你用「對」的日文順利溝通

日本人都習慣這麼說

學了好久的日語，卻不知道…

梳頭髮該用哪個動詞？

延長線應該怎麼說？黏呼呼是哪個單字？

當耳邊風該怎麼講？

快翻開這本書，原來日本人都習慣這麼說！

這就是你要的日語文法書

同時掌握動詞變化與句型應用

最淺顯易懂的日語學習捷徑

一本書奠定日語基礎

超實用的商業日文 E-mail

10 分中搞定商業 E-mail

中日對照 E-mail 範本 讓你立即就可應用

日文單字萬用手冊

最實用的單字手冊

生活單字迅速查詢

輕鬆充實日文字彙

不小心就學會日語

最適合初學者的日語文法書

一看就懂得學習方式

循序漸進攻略日語文法

日文單字急救包【業務篇】

小小一本，大大好用

商用單字迅速查詢

輕鬆充實日文字彙

生活日語萬用手冊

～～日語學習更豐富多元～～

生活上常用的單字句子一應俱全

用一本書讓日語學習的必備能力一次到位

你肯定會用到的 500 句日語

出國必備常用短語集！

簡單一句話

解決你的燃眉之急

超簡單の旅遊日語

Easy Go! Japan

輕鬆學日語,快樂遊日本

情境對話與羅馬分段標音讓你更容易上手

到日本玩隨手一本,輕鬆開口說好日語

訂票/訂房/訂餐廳一網打盡,點餐/購物/觀光一書
搞定

最簡單實用的日語 50 音

快速擊破五十音

讓你不止會說五十音

單子、句子更能輕鬆一把罩！短時間迅速提升日
文功力的絕妙工具書。

日文單字急救包【生活篇】

日文單字迅速查詢

輕鬆充實日文字彙

用最簡便明瞭的查詢介面,最便利的攜帶方式,
輕鬆找出需要的單字,隨時增加日文單字庫

日語關鍵字一把抓

日常禮儀

こんにちは

ko.n.ni.chi.wa

你好

相當於中文中的「你好」。在和較不熟的朋友,
還有鄰居打招呼時使用,是除了早安和晚安之
外,較常用的打招呼用語。

菜英文【旅遊實用篇】

就算是說得一口的菜英文，

也能出國自助旅行！

本書提供超強的中文發音輔助，

教您輕輕鬆鬆暢遊全球！

菜英文【實用會話篇】

中文發音引導英文語句

讓你說得一口流利的道地英文

生活英文單字超短迷你句

一個單字搞定英文會話

生活英語單字，最實用的「超短迷你句」

你肯定會用到的 500 句話

簡單情境、實用學習！

用最生活化的方式學英文，

隨時都有開口說英文的能力！

Good morning 很生活的英語

想要學好英文，就得從「英文生活化」開始！

每天來一句 good morning，

英文開口說真輕鬆！

菜英文(生活應用篇)

利用中文引導英語發音，

你我都可以用英語與 "阿兜仔" 溝通！

別再笑，「他媽的」英文怎麼說

英文學習一把罩！

一次全收錄你想像不到的口語用法！

英文會有多難？

只要掌握必學的口語英文，

人人都可以輕鬆開口說英文！

1000 基礎實用單字

想學好英文？就從「單字」下手！

超實用單字全集，簡單、好記、最實用，

讓你打好學習英文的基礎！

雅典文化 讀者回函卡

謝謝您購買這本書。

為加強對讀者的服務，請您詳細填寫本卡，寄回雅典文化
；並請務必留下您的E-mail帳號，我們會主動將最近 "好
康" 的促銷活動告 訴您，保證值回票價。

書　　　名：韓語這樣說最正確

購買書店：＿＿＿＿＿市／縣＿＿＿＿＿＿＿書店

姓　　　名：＿＿＿＿＿＿　生　日：＿＿年＿＿月＿＿日

身分證字號：＿＿＿＿＿＿＿＿＿＿＿

電　　　話：(私)＿＿＿ (公)＿＿＿ (手機)＿＿＿

地　　　址：□□□＿＿＿＿＿＿＿

E - mail：＿＿＿＿＿＿＿

年　　　齡：□ 20歲以下　□ 21歲～30歲　□ 31歲～40歲
　　　　　　□ 41歲～50歲　□ 51歲以上

性　　　別：□男　　□女　　婚姻：□單身　□已婚

職　　　業：□學生　　□大眾傳播　□自由業　□資訊業
　　　　　　□金融業　□銷售業　　□服務業　□教職
　　　　　　□軍警　　□製造業　　□公職　　□其他

教育程度：□高中以下（含高中）□大專　□研究所以上

職 位 別：□負責人　□高階主管　□中級主管
　　　　　□一般職員　□專業人員

職 務 別：□管理　　　□行銷　　□創意　□人事、行政
　　　　　□財務、法務　□生產　　□工程　□其他＿＿

您從何得知本書消息？
　　□逛書店　　□報紙廣告　□親友介紹
　　□出版書訊　□廣告信函　□廣播節目
　　□電視節目　□銷售人員推薦
　　□其他＿＿＿＿

您通常以何種方式購書？
　　□逛書店　□劃撥郵購　□電話訂購　□傳真訂購　□信用卡
　　□團體訂購　□網路書店　□其他＿＿＿

看完本書後，您喜歡本書的理由？
　　□內容符合期待　□文筆流暢　　□具實用性　□插圖生動
　　□版面、字體安排適當　　□內容充實
　　□其他＿＿＿

看完本書後，您不喜歡本書的理由？
　　□內容不符合期待　□文筆欠佳　　□內容平平
　　□版面、圖片、字體不適合閱讀　□觀念保守
　　□其他＿＿＿

您的建議：＿＿＿＿＿＿＿＿＿

剪下後請寄回「21 新北市汐止區大同路 3 段 94 號 9 樓之 1 雅典文化收」

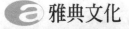